भीष्म साहनी

जन्म : 8 अगस्त, 1915 को रावलपिंडी (पाकिस्तान) में।

शिक्षा : हिन्दी-संस्कृत की प्रारम्भिक शिक्षा घर में। स्कूल में उर्दू और अंग्रेज़ी। गवर्नमेंट कॉलेज, लाहौर से अंग्रेज़ी साहित्य में एम.ए., फिर पंजाब विश्वविद्यालय से पीएच.डी.।

बँटवारे से पूर्व थोड़ा व्यापार, साथ-साथ मानद (ऑनरेरी) अध्यापन। बँटवारे के बाद पत्रकारिता, 'इप्टा' नाटक मंडली में काम, बम्बई में बेकारी। फिर अम्बाला के एक कॉलेज में तथा खालसा कॉलेज, अमृतसर में अध्यापन। तत्पश्चात् स्थायी रूप से दिल्ली विश्वविद्यालय के जाकिर हुसैन कॉलेज में साहित्य का प्राध्यापन। इस बीच लगभग सात वर्ष 'विदेशी भाषा प्रकाशन गृह', मॉस्को में अनुवादक के रूप में कार्य। अपने इस प्रवासकाल में उन्होंने रूसी भाषा का यथेष्ट अध्ययन और लगभग दो दर्जन रूसी पुस्तकों का अनुवाद किया। क़रीब ढाई साल 'नई कहानियाँ' का सौजन्य-सम्पादन। 'प्रगतिशील लेखक संघ' तथा 'अफ्रो-एशियाई लेखक संघ' से भी सम्बद्ध रहे।

प्रकाशित पुस्तकें : *भाग्य-रेखा, पहला पाठ, भटकती राख, पटरियाँ, वाङ्चू, चीलें, शोभायात्रा, निशाचर, पाली, डायन, नीलू नीलिमा नीलोफ़र* (कहानी-संग्रह); *तमस, झरोखे, कड़ियाँ, बसंती, मय्यादास की माड़ी, कुंतो, प्रतिनिधि कहानियाँ* (उपन्यास); *माधवी, हानूश, कबिरा खड़ा बज़ार में, मुआवज़े, सम्पूर्ण नाटक* (दो खंडों में)(नाटक); *आज के अतीत* (आत्मकथा); *गुलेल का खेल* (बालोपयोगी कहानियाँ)।

सम्मान : अन्य पुरस्कारों के अलावा *तमस* के लिए 'साहित्य अकादेमी पुरस्कार' तथा हिन्दी अकादमी, दिल्ली का 'शलाका सम्मान'।

साहित्य अकादेमी के महत्तर सदस्य भी रहे।

निधन : 11 जुलाई, 2003

AF730131

माधवी

भीष्म साहनी

राजकमल पेपरबैक्स

पहला पुस्तकालय संस्करण
राजकमल प्रकाशन प्राइवेट लिमिटेड द्वारा
1984 में प्रकाशित

राजकमल पेपरबैक्स में
पहला संस्करण : 2018
पाँचवाँ संस्करण : 2024

राजकमल पेपरबैक्स : उत्कृष्ट साहित्य के जनसुलभ संस्करण

राजकमल प्रकाशन प्रा.लि.
1-बी, नेताजी सुभाष मार्ग, दरियागंज
नई दिल्ली-110 002
द्वारा प्रकाशित

शाखाएँ : अशोक राजपथ, साइंस कॉलेज के सामने, पटना-800 006
पहली मंजिल, दरबारी बिल्डिंग, महात्मा गांधी मार्ग, प्रयागराज-211 001
1, अनमोल सोराबजी संतुक लेन, धोबी तलाव, मरीन लाइंस, मुम्बई-400 002

वेबसाइट : www.rajkamalprakashan.com
ई-मेल : info@rajkamalprakashan.com

बी.के. ऑफसेट
नवीन शाहदरा, दिल्ली-110 032
द्वारा मुद्रित

मूल्य : ₹ 199

MADHAVI
Novel by Bhishma Sahni

ISBN : 978-93-87462-12-0

आदरणीय बन्धु
त्रिलोचन शास्त्री को

माधवी

'माधवी' नाटक का सबसे पहला प्रदर्शन 'प्रयोग' नाट्य संस्था ने प्रगति मैदान के 'मंजर' मंच पर 29, 30 जून तथा 1 जुलाई 1984 को एम. के. रैना के निर्देशन में किया। इसमें भाग लेनेवाले कलाकार हैं–

मंच पर

माधवी : दीपा साही
गालव : जलीस एहसन
ययाति : दिनेशचन्द्र शर्मा
विश्वामित्र : रामगोपाल बजाज
कथावाचक : काव्य कुमार
राजा हर्यश्च : हरि सेमवाल
राजा दिवोदास : वेदप्रकाश ढींगरा
तापस : महेश कुमार
राजज्योतिषी : एन. आर. बरुआ
प्रतर्दन : मा. सनम ढींगरा
मन्त्री : नवेद असलम
कोरस एक : नदीम एहसन
कोरस दो : भूपेश खन्ना
कोरस तीन : तनवीर एहसन

अंक-1

दृश्य-1

[ढोल-मजीरे के साथ एक धुन, जो शीघ्र ही समाप्त हो जाती है।]

कथावाचक : धर्मग्रन्थों में मनुष्य के बहुत से गुण गिनाए गए हैं, पर कहा है, कर्तव्यपालन सबसे बड़ा गुण है। जो मनुष्य कर्तव्यपरायण है, वही सच्चा साधक है। अपने माता-पिता के प्रति कर्तव्य, अपने गुरु के प्रति कर्तव्य, अपने धर्म के प्रति कर्तव्य, इसी को सच्ची साधना कहते हैं।

और कर्तव्यपालन क्या, कि जो वचन दे दिया उसे पूरा किया। मुँह से जो बात कह दी, वह पत्थर की लकीर बन गई, तुलसीदासजी ने कहा है :

रघुकुल रीति सदा चलि आई
प्राण जायँ पर वचन न जाई

तो देवियो और भद्रपुरुषो, आज हम आपको इसी कर्तव्यपरायणता की एक और कथा सुनाते हैं।

महाभारत में एक प्रसंग आता है कि एक बार देवलोक में विष्णु भगवान ध्यानमग्न बैठे थे कि सहसा उनका ध्यान भंग हो गया। वे बड़े विचलित हुए। उन्होंने मन को स्थिर कर, एकाग्र मन से विचार किया कि इसका क्या कारण है। तभी अपने दिव्यचक्षु से उन्होंने देखा कि नीचे पृथ्वी पर एक भक्त, गंगा के

तट पर खड़ा, दोनों हाथ जोड़े, नतमस्तक, उन्हें स्मरण कर रहा है।

इस पर विष्णु भगवान ने तत्काल अपने वाहन गरुड़ को बुलाया और बोले, 'हे गरुड़, तुम तत्काल पृथ्वी पर जाओ, हमारा एक भक्त संकट में है। वह गंगा में कूदकर आत्महत्या करने जा रहा है, और उसने हमें याद किया है।' 'जो आज्ञा, महाराज,' गरुड़देव बोले और उसी समय, पर फैलाए, धरती की ओर उतरने लगे, और शीघ्र ही उन्होंने पाया कि एक वनस्थली के निकट, गंगातट पर एक युवक जलधारा की ओर मुँह किए खड़ा है। गरुड़ देवता ने धरती पर उतरते ही ब्राह्मण का रूप धारण किया और युवक के सामने जा उपस्थित हुए। 'आपको क्या कष्ट है, मुनिकुमार? मैं आपकी सहायता करना चाहता हूँ।' इस पर युवक बोला, 'मेरे जीवन की कोई सार्थकता नहीं। मैंने अपने गुरु को एक वचन दिया था, उसे मैं पूरा नहीं कर पाया। मैं अपने गुरु महाराज के लिए गुरु-दक्षिणा नहीं जुटा पाया हूँ। मुझ जैसे पातकी के लिए मर जाना ही उचित है।'

इस पर गरुड़देव बोले, 'मुनिकुमार, विस्तार से बताओ कि तुम्हें कौन सी गुरु-दक्षिणा जुटानी थी और तुम उसे क्योंकर नहीं जुटा पाए,' तो मुनिकुमार ने अपनी सारी व्यथा-गाथा कह सुनाई। इस पर गरुड़देव कहने लगे, 'मुनिकुमार, इधर निकट ही महाराज ययाति का आश्रम है, वे बड़े दानवीर हैं। उनकी ख्याति देश-देशान्तर में फैली है। उनके द्वार से कभी कोई अभ्यर्थी खाली हाथ नहीं लौटा। तुम उनके पास जाओ, निश्चय ही वे तुम्हारी मनोकामना पूरी करेंगे।'

यहीं से, 'महाभारत' में मुनिकुमार गालव की कथा आरम्भ होती है।

[महाराज ययाति का आश्रम। ययाति अपने दो आश्रमवासियों के साथ। प्रातःकाल]

ययाति : यहाँ कितना सूना-सूना है।

आश्रमवासी-1 : हमने देखा महाराज, इस वनस्थली में आपका मन अभी तक नहीं लगा।

ययाति : नहीं लगा, बन्धु, ठीक कहते हो। जिन दिनों राजपाट के कामों में व्यस्त था तो इस दिन की बाट जोहता था कि कब राजपाट की चिन्ताओं से मुक्त होकर, एकान्त में, पूजा-आराधना में अपना समय व्यतीत करूँगा?

मुस्कराकर

राजपाट तो पीछे छोड़ आया, पर मन की अशान्ति अपने साथ ले आया।

आश्रमवासी-2 : कहाँ राजपाट की धूमधाम, और कहाँ वनों का सूनापन, कहाँ सभी प्रकार की सुविधाएँ, और कहाँ वनों का कठोर जीवन।

आश्रमवासी-1 : महाराज को सुख-सुविधाओं से मोह नहीं है। जो राजा सत्ता और अधिकार त्याग सकता है, उसे सुख-ऐश्वर्य से मोह क्यों होगा? पर फिर दानवीर ययाति का मन क्यों अशान्त होना चाहिए? आपने सदा धर्म का पालन किया है, पितरों की पूजा-आराधना में कभी त्रुटि नहीं रही। इसी के कारण आपको यश मिला है। समस्त आर्यावर्त में आपके नाम की धूम है।

आश्रमवासी-2 : एक बात और भी है महाराज, जिस कारण आपको यहाँ सूना-सूना लगता है।

ययाति : वह क्या? तुम्हें सदा नई-नई बातें सूझती रहती हैं।

आश्रमवासी-2 : प्रशंसा, महाराज। यहाँ प्रशंसा करनेवाले दरबारी नहीं हैं, जो सारा वक्त राजा के आस-पास घूमते

रहें, इससे राजा के अहं की तुष्टि होती रहती है। प्रशंसा से राजा को अपार सुख मिलता है। यहाँ आपको वह सुख नहीं मिलता।

आश्रमवासी-1 : इन्हें प्रशंसा की आवश्यकता है! दानवीरों में इनका नाम सत्य हरिश्चन्द्र और दानवीर कर्ण के साथ लिया जाता है, इन्हें प्रशंसा की ललक क्यों होगी?

ययाति : मैंने कर्तव्य को सदा कर्तव्य मानकर ही किया है। मैंने सदा अपनी सामर्थ्य से बढ़कर दान दिया है।

आश्रमवासी-2 : फिर कोई तो कारण होगा महाराज, कि आपका मन खोया-खोया रहता है।

आश्रमवासी-1 : महाराज, क्या अपनी बेटी के कारण तो आपका मन अशान्त नहीं रहता? राजपाट में बने रहते तो आप माधवी का स्वयंवर रचा पाते। अच्छे से अच्छा वर उसे मिल जाता। उसकी स्वर्गवासिनी माँ की आत्मा को शान्ति मिलती।

ययाति : उसका स्वयंवर तो मैं यहाँ भी रचाऊँगा। राजाओं ने मुझे भुला दिया है, पर मैंने उन्हें नहीं भुलाया।

[परिचारक का प्रवेश]

परिचारक : महाराज, एक आगन्तुक आपसे मिलना चाहते हैं।

ययाति : आश्रम के द्वार तो सभी के लिए खुले हैं। अन्दर आने दो।

[परिचारक का प्रस्थान]

[मुनिकुमार गालव का प्रवेश]

आगे बढ़कर

बहुत दिनों बाद किसी अतिथि ने हमारे आश्रम में पाँव रखे हैं।

गालव : मेरा नाम गालव है, महाराज, मैं ऋषि विश्वामित्र

का शिष्य हूँ। अपनी शिक्षा समाप्त कर यहाँ आया हूँ।

ययाति : आसन ग्रहण करो, मुनिकुमार, लम्बी यात्रा करके आए हो, थक गए होंगे।

गालव : मैं बड़े संकट में हूँ, महाराज।

ययाति : पहले आसन ग्रहण करो, मुनिकुमार, ऐसी जल्दी क्या है?

गालव : मैं विवश होकर आपके द्वार पर आया हूँ, महाराज। आज्ञा हो तो मैं अपनी प्रार्थना आपके सम्मुख रखूँ?

ययाति : मैं राजपाट से निवृत्त हो चुका हूँ, एक साधारण आश्रमवासी हूँ। पर फिर भी, मुझसे जो बन पड़ेगा, तुम्हारी सहायता करूँगा।

गालव : महाराज, मैं बारह वर्ष तक ऋषि विश्वामित्र के आश्रम में विद्या ग्रहण करता रहा हूँ। मैं बारह विद्याओं में पारंगत हुआ हूँ।

ययाति : जानकर प्रसन्नता हुई। कहो, आगे कहो।

गालव : शिक्षा-समाप्ति पर मैंने गुरुवर से प्रार्थना की कि वे गुरु-दक्षिणा में क्या लेना स्वीकार करेंगे।

ययाति : गुरु-दक्षिणा देना शिष्य का पुण्य कर्तव्य है। कहो, उन्होंने कौन सी गुरु-दक्षिणा माँगी?

गालव : महाराज, गुरु-दक्षिणा में मुझे आठ सौ अश्वमेधी घोड़े देने हैं।

ययाति : **हैरान होकर**

आठ सौ अश्वमेधी घोड़े? क्या ऋषि विश्वामित्र ने यह गुरु-दक्षिणा माँगी है?

गालव : **सिर झुकाकर**

महाराज, दोष मेरा ही है। गुरुदेव ने तो कहा था कि उन्हें गुरु-दक्षिणा नहीं चाहिए, तुम बारह विद्याओं में पारंगत हुए हो, यही मेरी गुरु-दक्षिणा है। पर महाराज, मैंने हठ किया, बार-बार आग्रह

किया कि मैं तो गुरु-दक्षिणा देकर ही रहूँगा। इस पर गुरुवर क्रुद्ध हो उठे, बोले, 'अच्छा, मेरी गुरु-दक्षिणा आठ सौ अश्वमेधी घोड़े होगी।' गुरुदेव की बात सुनकर तो मेरे होश उड़ गए। मैं यह गुरु-दक्षिणा कहाँ से जुटा पाऊँगा। इस पर गुरु महाराज कड़ककर बोले, 'अब जाओ और गुरु-दक्षिणा का प्रबन्ध करो।' तब से मैं भटक रहा हूँ, यह गुरु-दक्षिणा मैं अभी तक नहीं जुटा पाया।

ययाति : मैं ऋषि विश्वामित्र को जानता हूँ। उन्होंने क्रोध में आकर ही तुमसे यह गुरु-दक्षिणा माँगी है। तुम्हें अभी भी उनके पास लौट जाना चाहिए और उनसे क्षमा-याचना करनी चाहिए।

गालव : सीधा, तनकर खड़ा हो जाता है।

मैं वचनबद्ध हूँ, महाराज। मैं गुरु-दक्षिणा लेकर ही अब उनके सामने जाऊँगा।

ययाति : बड़े हठी हो, मुनिकुमार। तुम मुट्ठी-भर तण्डुल भी ले जाओगे तो तुम्हारे गुरु प्रसन्न होंगे। तुम उनके शिष्य हो, वे तुम्हें क्षमा कर देंगे।

गालव : नहीं महाराज, मैं वचनबद्ध हूँ। गुरु-दक्षिणा लेकर ही उनके पास जाऊँगा।

ययाति : मुस्कराकर, गालव की पीठ पर हाथ रखते हुए

मुझे तुम्हारी निष्ठा और आस्था देखकर बड़ी प्रसन्नता हुई। पर अश्वमेध के आठ सौ घोड़े तुम कैसे जुटा पाओगे?

गालव : इसीलिए मैं आपके द्वार पर आया हूँ, महाराज।

ययाति : हँसकर

मेरे पास अश्वमेधी घोड़े कहाँ? मैं अब आश्रमवासी हूँ, राजा नहीं हूँ। मेरे पास तो मेरी सवारी के लिए भी घोड़ा नहीं है, तुम अश्वमेधी घोड़े लेने आए हो, और वह भी एक नहीं, पूरे आठ सौ।

गालव : महाराज ययाति ने राजपाट त्याग दिया है, मैं जानता हूँ, पर मैं यह भी जानता हूँ कि यशस्वी, दानवीर ययाति ही मेरी अभ्यर्थना का कोई उपाय कर सकते हैं।

ययाति : **पुलकित हो उठते हैं**

तुम अभी भी ऐसा सोचते हो, मुनिकुमार?

गालव : मैं ही नहीं, महाराज, समस्त आर्यावर्त ऐसा सोचता है।

[ययाति मुस्कराते हुए टहलने लगते हैं।]

ययाति : हम तुम्हारी निष्ठा की प्रशंसा करते हैं, मुनिकुमार, पर अश्वमेध के आठ सौ घोड़े तुम्हें कहीं पर नहीं मिलेंगे। हमारा यही सुझाव है कि तुम विश्वामित्र के पास लौट जाओ।...

गालव : महाराज का क्या यही निर्णय है?

ययाति : तुम्हारे साथ हमारे आश्रमवासी मित्र जा सकते हैं। वे ऋषि विश्वामित्र को हमारी ओर से सारी स्थिति समझा देंगे। तुम्हारे गुरुदेव हमारी प्रार्थना स्वीकार करेंगे और तुम्हें इस ऋण से मुक्त कर देंगे। इरागें तुम्हारी हेठी भी नहीं होगी।

गालव : नहीं महाराज, मैं वचनबद्ध हूँ। गुरु-दक्षिण। में आठ सौ घोड़े देने की शपथ ले चुका हूँ। मैं आपके पास अपना वचन निभा पाने के लिए आया हूँ, वचन भंग करने के लिए नहीं आया हूँ।

ययाति : अब मैं राजा नहीं हूँ, मुनिकुमार, आश्रमवासी हूँ। जिन दिनों मैं पराक्रमी राजा माना जाता था, उन दिनों भी मेरे पास आठ सौ अश्वमेधी घोड़े नहीं थे, इस समय कहाँ होंगे? तुम्हारा आग्रह अनुचित है।

गालव : मुझसे भूल हुई, महाराज। भूलकर किसी दूसरे ययाति के द्वार पर चला आया। मैं दानवीर राजा

ययाति का द्वार खोज रहा था।

ययाति : **चौंककर**

नहीं, तुम दानवीर ययाति के द्वार पर ही आए हो। तुम्हारी प्रतिज्ञा बड़ी असंगत है, मुनिकुमार, इसके पालन की अपेक्षा तो तुमसे तुम्हारे गुरुदेव भी नहीं करते थे।

गालव : मैं जहाँ-जहाँ गया हूँ, सभी ने एक ही नाम सुझाया है, ययाति, ययाति के पास जाओ, वही तुम्हारी सहायता कर सकते हैं।

[ययाति मौन हो जाते हैं; और सिर झुकाए सुनते रहते हैं।]

सभी आपका नाम सत्य हरिश्चन्द्र के साथ जोड़ते थे—हरिश्चन्द्र के बाद आर्यावर्त में एक ही दानवीर राजा है और वह ययाति हैं।

[ययाति अपनी प्रशंसा सुनकर पुलकित हो उठते हैं।]

लोग कहते थे, जैसे मरुस्थल में भटकनेवाला व्यक्ति झरने की ओर भागता है, वैसे ही हताश व्यक्ति ययाति के द्वार की ओर उन्मुख होता है। ययाति ने आज तक किसी को खाली हाथ नहीं लौटाया है। मैंने यही सुना था। पर मुझसे भूल हुई, महाराज, मैं क्षमा चाहता हूँ। आज्ञा दीजिए।

ययाति : तुम मेरी निःसहायता पर व्यंग्य कर रहे हो, मुनिकुमार, पर तुम्हारी यह अभ्यर्थना तो मैं सिंहासन पर बैठते हुए भी पूरी नहीं कर सकता था।

गालव : आप चिन्ता न करें, महाराज, यदि मेरी साधना में दोष नहीं है, तो आठ सौ अश्वमेधी घोड़े मैं

कहीं-न-कहीं से प्राप्त कर लूँगा।

ययाति : स्वतः

अब अभ्यर्थी भी मुझ पर दया करने लगे हैं। उन्हें मुझसे निराशा होने लगी है। अब ययाति दानवीर, उदारमना नहीं, एक क्षुद्र साधारण जीव कहलाएगा। कर्ण दानवीर हैं, युधिष्ठिर उदात्तमना हैं, हरिश्चन्द्र सत्यव्रती हैं, पर ययाति...?

गालव : आज्ञा दीजिए, महाराज।

ययाति : गम्भीरता से

ठहरो, मुनिकुमार। तुमने मेरे आत्मसम्मान को चुनौती दी है। मेरे पास आनेवाला कोई भी अभ्यर्थी आज तक खाली हाथ नहीं लौटा है।

गालव : आप चिन्ता न करें, महाराज। मुझसे भूल हुई।

ययाति : ठहरो, मुनिकुमार। तुम मेरा अपमान कर रहे हो। तुम ययाति के द्वार पर आए हो। मैं ही ययाति हूँ।

परिचारक से

माधवी को बुलाओ।

[परिचारक का प्रस्थान]

तुम मुझे वैसी ही विकट परीक्षा में डाल रहे हो, जिसमें तुम स्वयं खोए हुए हो। सुनो गालव, मैं तुम्हें आठ सौ अश्वमेधी घोड़े तो नहीं दे सकता, पर मैं अपनी एकमात्र कन्या तुम्हें सौंप सकता हूँ। वह बड़ी गुणवती युवती है। उसे पाकर कोई भी राजा तुम्हें आठ सौ अश्वमेधी घोड़े दे देगा। निश्चय ही तुम अपना वचन निभा पाओगे।

आश्रमवासी-1 : स्तम्भित-सा

महाराज, यह आप...यह आप क्या कर रहे हैं?

ययाति : मुनिकुमार खाली हाथ नहीं लौटेगा।

आश्रमवासी-2 : अपनी एकमात्र पुत्री को दान कर रहे हैं?

[माधवी का प्रवेश। सुन्दर, खिले चेहरेवाली युवती।]

ययाति : इधर आओ, बेटी।

माधवी : **चहकती हुई-सी**

क्या है, पिताजी?

क्षण-भर के लिए सभी ठिठके, उसे देखते रहते हैं।

ययाति : तुम मुनिकुमार के साथ जाओ।

[माधवी आश्चर्य और कुतूहल से गालव की ओर देखती है।]

माधवी : मैं समझी नहीं, पिताजी।

ययाति : यह युवक तुम्हें सब समझा देगा।

माधवी : **कभी गालव तो कभी पिता के चेहरे की ओर देखती है।**

मुझे इनके साथ कहाँ जाना होगा?

ययाति : मैंने तुम्हें सौंप दिया है। इस युवक की अभ्यर्थना को मानते हुए मैंने तुम्हें दान में दे दिया है। यह युवक तुम्हें सब समझा देगा।

माधवी : दान में?

ययाति : हाँ-हाँ, मैंने तुम्हें दानस्वरूप दे दिया है। तुम्हारे माध्यम से इस युवक की प्रतिज्ञा पूरी होगी।

गालव : **स्तम्भित और अभिभूत**

महाराज!

ययाति : इससे बढ़कर मैं कुछ नहीं कर सकता, मुनिकुमार। इससे तुम्हारा मनोरथ पूरा हो जाएगा।

ठिठककर

युवक, लगता है तुम्हें अभी भी विश्वास नहीं है कि मेरी पुत्री के माध्यम से तुम्हें आठ सौ अश्वमेधी

घोड़े मिल सकेंगे।

गालव : महाराज...मैं...

ययाति : राजज्योतिषियों ने माधवी के लक्षणों की जाँच की है। इसके गर्भ से उत्पन्न होनेवाला बालक चक्रवर्ती राजा बनेगा। सुना मुनिकुमार? ऐसे लक्षणोंवाली युवती को पाकर कोई भी राजा तुम्हें घोड़े दे देगा। माधवी को पाकर वह धन्य होगा। तुम निःसंकोच इसे ले जाओ।

गालव : महाराज!

ययाति : इसे और भी अनेक वर प्राप्त हैं। इसे चिर कौमार्य का वर प्राप्त है। तुम्हें स्वयं पता चल जाएगा।

माधवी : यह क्या है, पिताजी, क्या आप नहीं चाहते कि मैं आपके साथ रहूँ?

ययाति : बेटी, यज्ञ में दी जानेवाली आहुति साधारण आहुति नहीं होती।

[नेपथ्य में : दानवीर ययाति की जय हो!]

स्वतः

मानो देवलोक से आवाज आई है। देवता प्रसन्न हुए। जाओ मुनिकुमार, तुम्हारा मनोरथ पूरा हो।

माधवी : आज माँ होतीं तो क्या वे भी मुझे इस तरह दान में दे देतीं!

ययाति : इस समय मेरा धर्म ही सर्वोपरि है, माधवी।

गालव : आप धन्य हैं, महाराज।

आगे बढ़कर ययाति के चरण छू लेता है।

माधवी : मैं आपका अभिप्राय अभी भी नहीं समझी, पिताजी, यह सब क्या हो रहा है?

ययाति : मुनिकुमार तुम्हें सब समझा देगा, यह बड़ा कर्तव्यपरायण युवक है, यह अपने गुरु के प्रति उतना ही निष्ठावान है, जितनी तुम अपने पिता के

प्रति निष्ठावान हो।

गालव से

तुमने आज मेरी परीक्षा ली है, मुनिकुमार, पर ययाति डूबा नहीं है, अधर्म के गर्त में नहीं गिरा है। वह भी अपने वचन का धनी है।

माधवी से

जाओ माधवी, तुम्हारा भाग्य तुम्हारे साथ हो।

माधवी : यह सब कैसे हो गया, पिताजी, आप...

[गालव और माधवी का प्रस्थान]

आश्रमवासी-1 : यह आपने क्या किया, महाराज? बेटी को अपने घर से निकाल दिया? आप तो उस युवक को जानते भी नहीं हैं।

ययाति : वह अभ्यर्थी था, दिल में आशा लेकर मेरे पास आया था।

आश्रमवासी-1 : यह आपने अच्छा नहीं किया, महाराज। आपने सोचा तक नहीं और बेटी को दान में दे दिया?

आश्रमवासी-2 : आपका अपनी सन्तान के प्रति भी तो कोई कर्तव्य है, महाराज?

ययाति : माधवी मेरी पुत्री है। पिता के प्रति अपना कर्तव्य निभाएगी। मैंने अपना कर्तव्य निभाया है, वह भी अपना कर्तव्य निभाएगी।

आश्रमवासी-2 : आवेश में

कर्तव्य नहीं, महाराज, आपने यश की लालसा से ऐसा किया है, ताकि लोग कहें कि वनों में रहते हुए भी ययाति दानवीर है, अपनी एकमात्र कन्या को भी दान में दे सकता है।

ययाति : तनकर

ययाति ने अपना धर्म निभाया है।

आश्रमवासी-1 : आप महान हैं, महाराज, पर आपने इतना तो पूछ

लिया होता कि आर्यावर्त में किस राजा के पास अश्वमेधी घोड़े हैं।

आश्रमवासी-2 : आपने अपनी बेटी को अनिश्चय के गर्त में झोंक दिया है।

ययाति : आगे क्या होगा, यह हमारे वश में नहीं है, केवल धर्म किए जाना ही हमारे वश में है।

आश्रमवासी-2 : महाराज, अभी भी समय है। आप उन्हें जाने से रोक सकते हैं। आपका पहला सुझाव ठीक था कि मुनिकुमार अपने गुरु के पास लौट जाए। आप स्वयं उसके गुरु से कहें, वे उसे ऋणमुक्त कर देंगे, और माधवी आपके पास लौट आएगी।

ययाति : दान में दी हुई चीज को वापस नहीं लिया जाता, मारीच। चलिए, हवन का समय हो गया।

[प्रस्थान]

आश्रमवासी-2 : मुझे महाराज से इस बात की आशा नहीं थी।

आश्रमवासी-1 : तुम आध्यात्मिक तत्वों को नहीं समझोगे, माधवी दैवी लक्षणोंवाली युवती है। उसके भाग्य में चक्रवर्ती राजा को जन्म देना लिखा है। भाग्य ही उसे गुरु-दक्षिणा का निमित्त बना रहा है। माधवी वनवासिनी नहीं, पटरानी बनने जा रही है, दैव ही उसका निर्देशन कर रहा है।

आश्रमवासी-2 : भगवान उसकी रक्षा करें।

पर्दा

दृश्य-2

कथावाचक : राजाओं के दिल की थाह कोई नहीं पा सकता। कहाँ तो महाराज ययाति अपनी एकमात्र कन्या का स्वयंवर रचाने जा रहे थे, और कहाँ उसे एक क्षण में दान में दे दिया और पलक झपकते घर से विदा भी कर दिया।

मर्यादा पुरुषोत्तम राम के साथ भी तो ऐसा ही हुआ था। कहाँ तो अयोध्या में राज्याभिषेक की तैयारियाँ चल रही थीं और कहाँ राम चौदह साल के लिए वन को जा रहे थे।

पर क्या मालूम ययाति ने यही सोचकर उसे दान में दे दिया हो कि वह एक-न-एक दिन किसी राजा की पटरानी तो बनेगी ही–उसके लक्षण जो ऐसे थे–क्यों न मुनिकुमार की प्रतिज्ञा भी पूरी हो जाए। एक पन्थ, दो काज।

भविष्य में दैव ने क्या लिखा है, कौन जाने, भविष्य के पर्दे के पीछे कभी किसी ने झाँककर थोड़े ही देखा है।

तो देवियो और भद्रपुरुषो, मुनिकुमार गालव और माधवी घोड़ों की खोज में निकल पड़े। घोड़े भी साधारण घोड़े नहीं, अश्वमेधी घोड़े। अश्वमेधी घोड़ा तो बड़ा विरल होता है, यह वह घोड़ा है जिसका शरीर सफेद और कान काले रंग के होते हैं। इसी कारण इसे श्यामकर्णी भी कहते हैं। यह केवल

पराक्रमी राजाओं के पास मिलता है। अश्वमेध यज्ञ में यही घोड़ा प्रयोग में लाया जाता है। अब ऐसा घोड़ा कहाँ मिलेगा, वह भी एक नहीं, पूरे आठ सौ! कौन है ऐसा प्रतापी राजा जिसके पास आठ सौ अश्मवेधी घोड़े होंगे?

[कथावाचक के कथन के बाद, मंच पर गालव अकेला खड़ा है, तरह-तरह के विचार उसके मन में उठ रहे हैं।]

गालव : स्वतः

चक्रवर्ती! चक्रवर्ती राजा को जन्म देगी! माधवी जिसे जन्म देगी वह चक्रवर्ती राजा बनेगा, ऐसा ही कहा महाराज ने! क्या माधवी के गर्भ से पैदा होनेवाला गालव का पुत्र भी चक्रवर्ती राजा हो सकता है? चक्रवर्ती गालव! मेरे सामने सम्भावनाओं के कैसे प्रसार खुलने लगे हैं। माधवी को पाने का अर्थ है, चक्रवर्ती राजा तक बन जाने की सम्भावना!

ये कैसे विचार मेरे मन को विचलित करने लगे हैं?...मैं वचनबद्ध हूँ। मुझे गुरु-दक्षिणा का ऋण चुकाना है। और माधवी, मेरे ऋण चुकाने का माध्यम है, इससे अधिक कुछ नहीं।...पर माधवी को आठ सौ घोड़ों के बदले किसी राजा को दे देने का मतलब होगा, माधवी को सदा के लिए खो देना। माधवी उसी की होकर रह जाएगी।...आठ सौ अश्वमेधी घोड़े? वे मिलेंगे कहाँ? गुरु महाराज मुझे मेरे हठ का दंड देना चाहते हैं। उन्होंने जान-बूझकर मुझे ऐसी परीक्षा में डाला है कि मैं विफल हो जाऊँ, और उनके सामने घुटने टेककर क्षमा-याचना करूँ। एक विद्यार्थी आठ सौ घोड़े कहाँ से जुटा सकता है? वे मुझे लज्जित करना

चाहते हैं। नहीं तो आठ सौ घोड़े कौन माँगता है? पहले कभी भी उन्होंने अपने किसी शिष्य से ऐसी गुरु-दक्षिणा नहीं माँगी। फिर मुझ पर ही ऐसी कृपा क्यों?

कैसे क्षुद्र विचार मेरे में उठने लगे हैं। क्या मैं पथभ्रष्ट हो रहा हूँ? अपना दायित्व भूल रहा हूँ? मेरे गुरु ने मुझे एक परीक्षा में डाला, परिस्थितियाँ मुझे दूसरी परीक्षा में डाल रही हैं। माधवी के मन में क्या है, वह क्या सोचती है, कौन जाने?...यदि मुझे आठ सौ घोड़े मिल भी गए तो मैं अपनी प्रतिज्ञा भले ही पूरी कर लूँ, माधवी को खो बैठूँगा, वह किसी राजा की पटरानी बन जाएगी।... गुरु-दक्षिणा का वचन पूरा कर भी लिया तो क्या होगा? मुझे मिलेगा क्या? इतना भर सन्तोष कि मैंने गुरु-दक्षिणा जुटा दी? बस, इतना ही? उसके लिए माधवी को सदा के लिए खो दूँ? माधवी को खो देना, अपने भाग्य को खो देना होगा।...

मुस्कराता है

कैसी विडम्बना है, माधवी मेरे जीवन में साधन बनकर आई है। उसके द्वारा मैं गुरु-दक्षिणा का दायित्व पूरा कर सकता हूँ,...उसी के द्वारा मैं चक्रवर्ती राजा भी बन सकता हूँ!

[तभी आकाशवाणी होती है।]

आकाशवाणी : तुम किस प्रलोभन में पड़ रहे हो, युवक? कल तो आत्महत्या करने जा रहे थे, और आज चक्रवर्ती राजा बनने के सपने देखने लगे हो? क्या तुम दो व्यक्तियों के साथ विश्वासघात करोगे? अपने गुरु के साथ भी और महाराज ययाति के साथ भी? देवलोक में सभी देवता तुम्हारी ओर आँख लगाए

हुए हैं कि तुम किस दिशा में अपने पाँव बढ़ाओगे।

[माधवी का प्रवेश]

गालव : **देर तक माधवी की ओर देखता रहता है।**
माधवी!

माधवी : क्या देख रहे हो, गालव?

गालव : तुम कितनी सुन्दर हो! तुम्हें पाकर कोई भी राजा धन्य होगा।

माधवी : क्या कह रहे हो, गालव?

गालव : तुम क्या चाहती हो, माधवी?

माधवी : **संकोच में**
मैं क्या चाहूँगी? मेरे चाहने से क्या होता है, गालव? मैं तो तुम्हारी गुरु-दक्षिणा का निमित्त मात्र हूँ।

गालव : यह तुम क्या कह रही हो, माधवी, तुम दानवीर ययाति की कन्या हो। जिस बालक को तुम जन्म दोगी, वह चक्रवर्ती राजा बनेगा। तुम्हें देवताओं का वरदान प्राप्त है।

माधवी : **एक क्षीण-सी मुस्कान माधवी के होंठों पर आती है।**
फिर भी तो निमित्त ही बनूँगी, गालव। आज तुम्हारे लिए, कल किसी राजा के लिए।

गालव : तुम्हें बहुत बड़ा दायित्व निभाना है, माधवी, पर क्या बात है, तुम बड़ी खोई-खोई लग रही हो!

माधवी : क्यों? क्या मैं नाचूँ? गाऊँ? अपने भाग्य पर इठलाऊँ? पिताजी ने आदेश दिया तो तुम्हारे साथ चली आई, तुम आदेश दोगे तो किसी राजा के रनिवास में चली जाऊँगी।

गालव : **ठिठक-सा जाता है।**
यह तो मुझे भी अच्छा नहीं लगता, माधवी।

माधवी : क्या अच्छा नहीं लगता?

गालव : कि तुम किसी राजा के रनिवास में रहने लगो...और हम एक-दूसरे से अलग हो जाएँ।

[दोनों क्षण-भर के लिए मौन रहते हैं, एक-दूसरे की ओर देखते हैं।]

माधवी : इसीलिए तो तुम मुझे लाए हो, गालव।

गालव : यदि मेरा बस चले तो मैं बड़े-से-बड़े राजा के लिए भी तुम्हें अपने से अलग नहीं होने दूँ।

माधवी : क्या कह रहे हो, गालव? भावुक हो रहे हो? मेरे प्रति सद्भावना जताना चाहते हो क्या?

गालव : सद्भावना क्यों, माधवी? तुम तो किसी राजा की पटरानी बनोगी।

माधवी : पर वह मेरा स्वयंवर तो नहीं होगा, गालव। मैं तो तुला पर चढ़ाई जाऊँगी, कोई राजा घोड़े देकर, बदले में मुझे ग्रहण करेगा!

गालव : लगता है तुम्हें यह अच्छा नहीं लगा है।

माधवी : पिताजी का आदेश शिरोधार्य है, गालव।

[माधवी चुप रहती है, एक क्षीण-सी मुस्कान उसके चेहरे पर है।]

तुम आश्रम में बनी रहतीं तो तुम्हारे पिता तुम्हारा स्वयंवर रचाते, और जाने किस भाग्यवान राजा के गले में तुम पुष्पमाला डालतीं।

माधवी : कौन जाने क्या होता!

गालव : क्या यह सच है, जो तुम्हारे पिता कह रहे थे?

माधवी : क्या?

गालव : कि तुम्हारे गर्भ से जन्म लेनेवाला बालक चक्रवर्ती राजा बनेगा।

माधवी : **हँस देती है**

यह तुम्हें क्या सूझी, गालव?...हाँ, सच है। आश्रम

में एक बार एक संन्यासी महात्मा आए थे, वे ज्योतिष जानते थे। उन्होंने ही यह भविष्यवाणी की थी।

फिर खिन्न-सी होकर

इससे किसी राजा के हाथ में मुझे सौंपना तुम्हारे लिए आसान हो जाएगा। चक्रवर्ती राजा बनने की लालसा किस राजा के दिल में नहीं होगी।...यह भी कैसी विडम्बना है, गालव, कि जो व्यक्ति पहले ही राजा है, लोगों पर राज करता है, वह चक्रवर्ती राजा बनना चाहता है, अश्वमेध के घोड़े दौड़ाता है, राजा से चक्रवर्ती राजा...

गालव : महत्त्वाकांक्षा का होना तो स्वाभाविक है, माधवी।

माधवी : पर तुममें तो ऐसी महत्त्वाकांक्षा नहीं है ना, गालव? तुम तो साधक हो, अपना वचन निभाना चाहते हो। क्यों?

गालव की ओर थोड़ी देर तक देखती रहती है।

चलो, छोड़ो इन बातों को, हम केवल अपना-अपना कर्तव्य निभाएँगे, मैं अपने पिता के प्रति, तुम अपने गुरु के प्रति।...अश्वमेध के धोड़े कहाँ मिलेंगे? किस राजा के पास? तुमने कभी अश्वमेधी घोड़ा देखा है?

गालव : नहीं, माधवी, मैंने अभी तक नहीं देखा है।

माधवी : तुम्हें एक बात बताऊँ, गालव?

गालव : क्या, माधवी?

माधवी : बड़ी विचित्र बात है। मैंने तुम्हें अभी तक नहीं बताई है।–जिस दिन तुम आश्रम में आए थे, उस दिन मैं तुम्हें देखकर चकित रह गई थी।

गालव : क्यों?

माधवी : क्योंकि उसी रात मैंने एक विचित्र सपना देखा था।

गालव : कैसा सपना, माधवी?

माधवी : मैंने देखा, घना जंगल है, दूर-दूर तक फैला हुआ और उसमें तरह-तरह की आवाजें आ रही हैं–जानवरों की, पक्षियों की, और इन्हीं आवाजों के बीच, सहसा भागते घोड़ों की टाप सुनाई देने लगती है। फिर क्या देखती हूँ कि पेड़ों की घनी छाँव में से एक घोड़ा निकलकर आता है, सफेद रंग का, फिर दो, फिर तीन, फिर कितने ही घोड़े, सभी सफेद रंग के, एक पँत में आकर खड़े हो जाते हैं, एक पाँत, फिर एक और पाँत...सफेद घोड़ों की पाँतें लगती जा रही थीं।

गालव : **निकट आकर, मुस्कराते हुए**

फिर?

माधवी : फिर घोड़ों की पाँतों में से एक युवक निकलकर सामने आया, बाल बिखरे हुए और कपड़ों पर धूल-ही-धूल। मुझे देखकर उसने मेरी ओर कदम बढ़ा दिए, जैसे मुझसे कुछ कहना चाहता हो, पर सहसा वह फिर घोड़ों की पाँतों के बीच खो गया और मैं आँखें फाड़े उसे देखती रह गई।...इसीलिए, उस दिन प्रातः जब तुम आश्रम में आए तो मुझे लगा कि तुम सीधे मेरे सपने में से निकलकर चले आ रहे हो...

क्षीण-सी हँसी हँसती है...

तुम मेरा भाग्य बनकर आए हो, गालव।

गालव : भाग्य की यह कैसी क्रूर विडम्बना है कि हमें मिला भी रहा है और एक-दूसरे से अलग भी कर रहा है।...मैं भी तुम्हें एक बात बताऊँ, माधवी?

माधवी : क्या?

गालव : तुम्हारे आश्रम मे आने से पहले मैं आत्महत्या करने जा रहा था। और मैं अपने प्राण त्याग देता, पर

उसी समय एक व्यक्ति मेरे पास आए और मुझे तुम्हारे पिता के आश्रम में जाने को कहा, बोले, वहाँ तेरी मनोकामना पूरी होगी। यदि वे व्यक्ति मुझसे नहीं मिलते? पर मेरे भाग्य में तुमसे मिलना जो बदा था!...इसमें निश्चय ही दैव का हाथ है।

माधवी : **गालव की ओर चुपचाप देखती हुई**

किस राजा के पास जाना होगा, गालव?

गालव : मैं अश्वमेधी घोड़ों की खोज में पहले ही बहुत भटक चुका हूँ, माधवी। कुछ पता नहीं चला था। और, किसी राजा के पास होते भी तो मुझ दरिद्र को कौन देता? पर तुम्हारे पिता के आश्रम में किसी ने बताया कि उत्तराखंड में अश्वमेधी घोड़े हैं पर किस राजा के पास, यह उसे भी मालूम नहीं था।

माधवी : तो हमें उत्तराखंड की ओर जाना होगा।

सहसा, अन्यमनस्क-सी होकर

यह भी विचित्र यात्रा होगी। तुम्हारी यात्रा का अन्तिम चरण और मेरी जीवन-यात्रा का पहला चरण।

गालव : वह कैसे, माधवी?

माधवी : जहाँ तुम्हारी यात्रा समाप्त होगी, वहाँ से मेरी यात्रा आरम्भ होगी, गालव।

गालव : काश, मुझ पर गुरु-दक्षिणा का दायित्व नहीं होता!

माधवी : तुम्हारे गुरु ने निश्चय ही क्रुद्ध होकर तुमसे यह गुरु-दक्षिणा माँगी है, इसे तो राजा-महाराजा भी नहीं जुटा सकते।

गालव : मैं क्या जानूँ माधवी, गुरु-दक्षिणा देने का हठ तो मैंने किया था पर मुझे क्या मालूम था कि वे ऐसी गुरु-दक्षिणा माँग लेंगे।

माधवी : उन्हें बाद में पश्चात्ताप हुआ होगा। अगर तुम

उनके पास चले जाओ तो वे निश्चय ही तुम्हें ऋणमुक्त कर देंगे।

गालव : नहीं माधवी, खाली हाथ लौटने में मेरी हेठी है, वे और अधिक क्रुद्ध भी हो सकते हैं। वे जन्म के क्षत्रिय हैं, इसी कारण बड़े हठी और स्वाभिमानी हैं।

माधवी : चलो, हम दोनों उनके पास चलते हैं। उनसे अनुनय-विनय करते हैं कि तुम्हें इस दायित्व से मुक्त कर दें।

गालव : यदि उन्होंने मुझे ऋण-मुक्त कर दिया तो क्या तुम...तुम अपने पिता के पास लौट जाओगी?

माधवी : मैं दान में दी जा चुकी हूँ, गालव। पिताजी को तो इस बात की अपेक्षा भी नहीं है कि मैं उनके पास लौट आऊँगी। दान में दी हुई चीज भी कभी वापस ली जाती है?

गालव : **देर तक सोचते रहने के बाद**

नहीं माधवी, तुम्हें देखकर तो उन्हें और भी बुरा लगेगा, समझेंगे मैं तुम्हारी आड़ लेकर उनके पास आया हूँ। वे मुझे श्राप भी दे सकते हैं, मेरा अपमान भी कर सकते हैं।

माधवी : गुरु से अपमान कैसा? गुरु से तो जो कुछ मिले, शिरोधार्य करना चाहिए।...सुनो गालव, गुरु विश्वामित्र के पास मैं अकेली जाऊँगी। मैं उनसे तुम्हारे लिए क्षमा-याचना करूँगी। मैं उन्हें सारी बात बताऊँगी। मैं कहूँगी कि तुम इस गुरु-दक्षिणा के लिए जगह-जगह भटकते रहे हो, और घोड़े न मिलने पर आत्महत्या तक करने जा रहे थे। मैं उनसे कहूँगी कि मैं राजा ययाति की पुत्री हूँ, और मेरे पिता ने आठ सौ अश्वमेधी घोड़ों के लिए ही मुझे तुम्हारे हाथ सौंपा है।...वे मान जाएँगे।

गालव : नहीं, माधवी, गुरुदेव समझेंगे कि मैंने ही तुम्हें उनके पास भेजा है, कि मैं प्रतिज्ञापालन से विमुख होना चाहता हूँ। मेरी बारह वर्ष की साधना पर पानी फिर जाएगा।

माधवी : मैं तुम्हारी हेठी नहीं चाहती, गालव। मैं तुम्हें उत्तीर्ण देखना चाहती हूँ।

गालव : इस गुरु-दक्षिणा ने मुझे मँझधार में झोंक दिया है।

माधवी : मँझदार में क्यों, गालव, तुम अपनी प्रतिज्ञा पूरी करोगे। तुम्हारे लक्ष्य की सिद्धि होगी।...इसके अतिरिक्त कोई दूसरा विकल्प नहीं है। हमारे भाग्य में ऐसा ही बदा है। चलो, चलो, उत्तराखंड की ओर।...और गालव?

गालव : क्या है, माधवी?

माधवी : उत्तराखंड की ओर हम लम्बे-से-लम्बे मार्ग से जाएँगे, ताकि हम अधिक समय तक एक-दूसरे के साथ रह सकें। वनों-पर्वतों को तुम्हारे संग लाँघते हुए मुझे अच्छा लगेगा। चलो, गालव...

पर्दा

दृश्य-3

[अयोध्या के महाराज हर्यश्च का दरबार। महाराज ऊँचे सिंहासन पर विराजमान हैं। पास में मन्त्री, दरबारी आदि। एक ओर, थके-हारे, धूल-धूसरित माधवी और गालव।]

हर्यश्च : हमने तुम्हारी अभ्यर्थना सुनी, मुनिकुमार, पर यह हमें बड़ी विचित्र-सी लगी। हम यह मान लेते हैं कि तुम ऋषि विश्वामित्र के विद्यार्थी रहे हो। पर क्या तुम्हारे गुरु अश्वमेधी घोड़े लेकर घोड़ों का व्यापार करेंगे? क्या वे स्वयं अश्यमेध यज्ञ रचाना चाहते हैं? बड़ी विचित्र-सी अभ्यर्थना है तुम्हारी। हम यह भी मान लेते हैं कि यह युवती महाराज ययाति की ही कन्या है, यों देखने में इसे राजकन्या कौन कहेगा? वेशभूषा से तो कोई भीलनी जान पड़ती है। पर हम यह कैसे मान लें कि यह ऐसे पुत्र को जन्म देगी जो चक्रवर्ती राजा बनेगा? केवल तुम्हारे कह देने पर ही हम कैसे तुम्हें अश्वमेधी घोड़े सौंप दें और इस युवती को अपने रनिवास में ले लें?

गालव : इसी विश्वास के साथ उन्होंने माधवी को मेरे साथ सौंपा है, महाराज।

हर्यश्च : इसका कोई प्रमाण?

माधवी की ओर देखते हुए

इधर, सामने आओ, युवती।

माधवी तनिक सकुचाती है।

अब राजकुमारियों जैसा दर्प तुम्हें नहीं सुहाता। दान में दी हुई युवती में अकड़ किस बात की। यहाँ तुम एक अभ्यर्थिनी बनकर आई हो। इधर, सामने आओ।

[माधवी शान्त भाव से आगे बढ़ जाती है। राजा उसके सौन्दर्य और गरिमा से प्रभावित होता है।]

भाव-भंगिमा में तो निश्चय ही शिष्टता पाई जाती है।

गालव से

युवक, तुमने हमारे प्रश्न का उत्तर नहीं दिया?

गालव : महाराज, मैं इससे अधिक क्या कह सकता हूँ जो इसके पिता, महाराज ययाति ने कहा है।

हर्यश्च : हम महाराज ययाति का बड़ा आदर करते हैं, और तुम पर भी विश्वास करते हैं। पर सौदे इस तरह से तो नहीं पटाए जाते कि मात्र तुम्हारे कहने पर हम युवती को रनिवास में रख लें और तुम्हें अवश्मेधी घोड़े गिनकर दे दें।

गालव : कोई उत्तर नहीं सूझता, कुछ रुककर

महाराज...आप स्वयं इसके लक्षणों की जाँच करवा लें।

हर्यश्च : तनिक सोचकर

ठीक है, यही उचित है। पर इससे भी क्या होगा? बड़े-से-बड़े ज्योतिषी की भी भविष्यवाणी उस समय तक मात्र अनुमान ही समझी जाती है जब तक वह सच्ची सिद्ध नहीं होती।

द्वारपाल से

बुलाओ राजज्योतिषी को।

गालव से

सोना भी जब लिया जाता है तो तोल-मोल करके लिया जाता है। हमने तो सुना था कि महाराज ययाति अपनी कन्या का स्वयंवर रचाने जा रहे हैं। हमें मालूम नहीं था कि कन्या स्वयं चलकर हमारे पास आ जाएगी।

माधवी की ओर देखते हुए

यदि राजज्योतिषी की भविष्यवणी सच्ची सिद्ध हुई तो एक दिन तुम्हारा स्थान, हमारे साथ, राजसिंहासन पर होगा, कुमारी। हम तुम्हारे शील-स्वभाव से प्रभावित हुए हैं।

[राजज्योतिषी का प्रवेश]

राजज्योतिषी : महाराज की जय हो!

हर्यश्च : आ गए? हम इस युवती के लक्षण जानना चाहते हैं। अच्छी तरह से जाँच करके हमें बताइए...कुछ भी छिपाइएगा नहीं, और बढ़ा-चढ़ाकर भी नहीं बताइएगा।

राजज्योतिषी : जो आज्ञा, महाराज।

माधवी से

इधर आओ, युवती।

[मंच पर एक ओर, एक छोटी-सी पीठिका पर उसे खड़ा कर देता है। माधवी हत्प्रभ-सी गालव की ओर देखती है, और पीठिका पर खड़ी हो जाती है। यह दृश्य प्रकाश-वृत्त में भी दिखाया जा सकता है। राजज्योतिषी पीठिका के इर्द-गिर्द घूमता हुआ माधवी को ऊपर से नीचे तक देखता है, फिर एक-एक

अंग का निरीक्षण करने लगता है। उसे, अपना हाथ आगे की ओर बढ़ाने को कहता है, हाथों की उँगलियाँ, पैरों की उँगलियाँ देखता है। मुँह खोलने को कहता है।

इस बीच राजा हर्यश्च और गालव के बीच वार्तालाप चलता रहता है।]

हर्यश्च : अश्वमेधी घोड़ों की खोज में और कहाँ-कहाँ गए हो, युवक?

गालव : उत्तराखंड में आप ही के द्वार पर सबसे पहले आए हैं, महाराज।

हर्यश्च : हम ही पर ऐसी कृपा क्यों? उत्तराखंड में और भी तो राजा होंगे जिनके पास अश्वमेधी घोड़े हैं।

गालव : महाराज, सभी आप ही का नाम लेते थे। इसीलिए आप ही के द्वार पर उपस्थित हुए हैं।

हर्यश्च : हम अभी तक समझ नहीं ही पाए कि गुरु-दक्षिणा में दिए गए घोड़ों का तुम्हारे गुरु क्या उपयोग करेंगे।

मुस्कराकर

ययाति तो राजपाट त्यागकर आश्रमवासी बन गए, अब क्या आश्रमवासी विश्वामित्र राजपाट करना चाहते हैं?

गालव : मैं क्या जानूँ, महाराज।

हर्यश्च : अश्वमेधी घोड़े पाकर तुम तो दायित्व से मुक्त हो जाओगे, पर हमें यदि पुत्रलाभ नहीं हुआ तो यह सौदा किस काम का? फिर क्या होगा?

[राजज्योतिषी आगे आता है।]

राजज्योतिषी से

कहिए, क्या पता चला?

राजज्योतिषी : युवती राजकन्या है, महाराज।

हर्यश्च : हमें प्रसन्नता हुई। तुमने कैसे जाना?

राजज्योतिषी : महाराज, सभी लक्षण बता रहे हैं। ऐसे नख-शिख बड़े विरल होते हैं। युवती राजकन्या ही नहीं, वह एक दिन चक्रवर्ती राजा को जन्म देगी। इसके गर्भ से जन्म लेनेवाले बालक में चक्रवर्ती राजा के गुण पाए जाएँगे। महाराज, आपकी मनोकामना पूरी होगी।

हर्यश्च : क्या सच? तुमने कौन से ऐसे लक्षण देखे हैं?

राजज्योतिषी : महाराज, क्या एक-एक लक्षण गिनकर बताएँ?

हर्यश्च : हाँ, हाँ, बताइए।

[राजसिंहासन पर से उठ खड़ा होता है।]

राजज्योतिषी : **माधवी के पास जाकर उसके विभिन्न अंगों की ओर, छड़ी के साथ निर्देश करते हुए**

ज्योतिष-ग्रन्थों में कहा है, महाराज, जिस युवती की पीठ सीधी हो, कपोल तथा नेत्रों के कोए ऊँचे हों, स्तनयुगल और नितम्ब ऊपर को उठे हों...

माधवी की पीठ-पीछे जाकर

कमर पतली हो, केश, दाँत, हाथ, पैर की उँगलियाँ कोमल हों...

हर्यश्च : कहो, कहते जाओ।

राजज्योतिषी : **माधवी से**

मुँह से कुछ कहो, युवती।

हर्यश्च : कुछ बोलो, युवती। राजज्योतिषी तुम्हारे कंठ का निरीक्षण करना चाहते हैं।

राजज्योतिषी : कुछ कहो।

माधवी : **गालव से**

यह क्या हो रहा है, गालव? तुम मुझे कहाँ ले आए हो? मेरे साथ किस जन्म का वैर चुकाने आए

हो? मैंने कौन-सा ऐसा पाप किया था जिसका यह फल मुझे मिल रहा है?

राजज्योतिषी : कंठ-स्वर गम्भीर है, महाराज। जिस युवती का कंठ-स्वर गम्भीर हो, नाभि गहरी हो, स्वभाव स्थिर और गम्भीर हो...

माधवी से

मुँह खोलो, युवती।

[माधवी मुँह खोल देती है। राजज्योतिषी मुँह के अन्दर झाँककर देखता है।]

तालू, जीभ और होंठ लाल हों...

माधवी से

हथेलियाँ दिखाओ...

माधवी की हथेलियाँ पलटकर देखता है।

हथेली, नेत्रों के कोए लाल हों...ज्योतिष-ग्रन्थों में कहा है कि इन सभी लक्षणों से युक्त युवती चक्रवर्ती राजा को जन्म देनेवाली होगी।

[गालव के मन का तनाव कुछ ढीला पड़ने लगा है, परन्तु वह निश्चेष्ट खड़ा है। हर्यश्च प्रसन्न है, माधवी के प्रति उसका व्यवहार बदल जाता है।]

हर्यश्च : आसन ग्रहण करो, देवी।

[माधवी खड़ी रहती है।]

गालव : अब तो आपको सन्तोष हुआ, महाराज, कि ययाति-पुत्री में सभी शुभ लक्षण पाए जाते हैं?

हर्यश्च : निश्चय ही हम सन्तुष्ट हुए।

माधवी से

आसन ग्रहण करो, ययाति-पुत्री।

माधवी खड़ी रहती है।

गालव से

अब कहो, तुम क्या चाहते हो?

गालव : महाराज, आप माधवी को अपने रनिवास में रख लें और मुझे आठ सौ अश्वमेधी घोड़े प्रदान करें।

हर्यश्च : मुस्कराकर

और यदि हमारे पास आठ सौ अवश्मेधी घोड़े नहीं हों, तो?

गालव : चौंक जाता है

महाराज! यह आप क्या कह रहे हैं?

माधवी भी चौंक जाती है।

क्या आपके पास आठ सौ घोड़े नहीं हैं?

हर्यश्च : मेरे पास ही क्यों, आर्यावर्त में किसी राजा के पास तुम्हें आठ सौ अश्वमेधी घोड़े नहीं मिलेंगे।

गालव : आपने मुझे पहले बता दिया होता। इस स्थिति में तो मैं माधवी को आपके रनिवास में नहीं दे सकता।

हर्यश्च : मुग्ध नेत्रों से माधवी की ओर देखते हुए

इसके लक्षणों को जान जाने के बाद तो हम इस युवती को कहीं नहीं जाने देंगे...सुनो युवक, हमारी अश्वशाला में दो सौ अश्वमेधी घोड़े हैं। हम तुम्हें दो सौ घोड़े दे देंगे।...परन्तु अभी नहीं, वे भी पुत्र-लाभ होने पर।

गालव : असम्भव! केवल दो सौ घोड़े?

हर्यश्च : हम युवती को अपने रनिवास में रख लेंगे। पुत्र-लाभ होने पर हम इसे अपनी पटरानी भी बना सकते हैं। जब इसके गर्भ से हमें पुत्र-लाभ होगा, हम दो सौ अश्वमेधी घोड़े तुम्हें गिनकर दे देंगे।

गालव : दो सौ घोड़े? मुझे तो आठ सौ अश्वमेधी घोड़े जुटाने हैं।

हर्यश्च : दो सौ घोड़े। इससे अधिक घोड़े हमारे पास नहीं हैं।

गालव : यह असम्भव है, महाराज, मैं शेष छह सौ घोड़ों का प्रबन्ध कैसे कर पाऊँगा?

हर्यश्च : इस बारे में हम कुछ नहीं जानते। पुत्र-लाभ के बाद माधवी हमारे रनिवास में ही बनी रहेगी। हाँ, शेष घोड़े हम धीरे-धीरे तुम्हें जुटाते जाएँगे।

गालव : यह असम्भव है। चलो, माधवी, यहाँ आना ही भूल थी। दो सौ घोड़ों के बदले मैं तुम्हें नहीं दे सकता।

हर्यश्च : किस भुलावे में पड़े हो, युवक? आर्यावर्त में किसी राजा के पास तुम्हें आठ सौ घोड़े नहीं मिलेंगे।

गालव : पर मुझे गुरु-दक्षिणा के लिए आठ सौ घोड़े जुटाने हैं। नहीं महाराज, मुझे यह स्वीकार नहीं है।

माधवी : **पीठिका पर से उतर आती है।**

गालव!

गालव : **आगे बढ़कर**

क्या है, माधवी?

माधवी : तुम इनसे कहो, पुत्र-लाभ के बाद ये मुझे मुक्त कर दें, और तुम्हें दो सौ घोड़े दे दें।

गालव : पर शेष घोड़े, माधवी?

माधवी : शेष घोड़े यहाँ से नहीं मिलेंगे। उनके लिए कहीं और जाना होगा।

[इस बीच राजा और मन्त्री के बीच धीमा वार्तालाप चलता रहता है।]

हर्यश्च : सुनो, युवक।

गालव और माधवी रुक जाते हैं।

हमने तुम्हारी बात सुन ली, युवती। हम न्यायप्रिय राजा हैं, और तुम ययाति की कन्या हो। हम आठ सौ अश्वमेधी घोड़े नहीं दे सकते। पर हाँ,

पुत्र-जन्म के बाद यदि तुम मुक्त होना चाहो तो हम तुम्हें मुक्त कर देंगे।

राजज्योतिषी : धन्य हैं, महाराज!

गालव : पर महाराज, केवल दो सौ घोड़े? यह नहीं हो सकता।

हर्यश्च : हम अयोध्या-नरेश हर्यश्च हैं। हम अपने वचन से विमुख नहीं हो सकते। कोई भी आर्य राजा वचन से विमुख नहीं होता। पुत्र-जन्म होने पर यदि युवती हमारे रनिवास में रहना नहीं चाहती तो हम इसे मुक्त कर देंगे।

माधवी : गालव से, ऊँची आवाज में

मान जाओ, गालव। महाराज ने मान लिया है कि पुत्र-जन्म के बाद वे मुझे मुक्त कर देंगे। तुम इनका प्रस्ताव मान लो, महाराज का सुझाव मुझे स्वीकार है।

गालव : केवल दो सौ घोड़े मिलेंगे, वह भी पुत्र-जन्म के बाद। मैं कहाँ मारा-मारा फिरूँगा?

माधवी : और कोई विकल्प नहीं है। महाराज के पास दो सौ से अधिक घोड़े नहीं हैं।

गालव : शेष घोड़े मैं कहाँ से जुटाऊँगा?

[राजा उठ खड़ा होता है।]

हर्यश्च : तुम विचार कर लो। यदि हमारा निर्णय स्वीकार हो तो युवती को हमारे रनिवास में में दो।

जाते हुए मन्त्री से

आप इनका निर्णय जानकर हमें सूचित कर दें। अब चलिए, हमारे साथ।

[राजा, मन्त्री, राजज्योतिषी आदि का प्रस्थान। मंच पर गालव और माधवी अकेले रह जाते हैं।]

माधवी : तुम स्थिति को समझो, गालव। पुत्र-लाभ होने पर मैं मुक्त हो जाऊँगी, हम दोनों स्वतन्त्र होंगे। यदि शेष घोड़ों के लिए भी अन्य राजाओं के रनिवास में रहना पड़ा तो अन्त में मैं मुक्त हो जाऊँगी। यही ठीक है। तुम राजा का सुझाव मान जाओ। इस तरह किसी दिन हम दोनों मुक्त हो जाएँगे। तुम्हारी गुरु-दक्षिणा भी पूरी हो जाएगी और हम जहाँ चाहें, जा सकेंगे।

गालव : माधवी, तुम क्या कह रही हो? इसमें तो बरसों लग जाएँगे। इस तरह मैं कब ऋण-मुक्त हो पाऊँगा। और तुम्हें न जाने किस-किस राजा के रनिवास में रहना पड़े।

माधवी : तुम मेरी चिन्ता नहीं करो, गालव। और कोई विकल्प नहीं है, मुक्ति का एक यही रास्ता है। मुक्ति का भी और तुम्हारी प्रतिज्ञा-पूर्ति का भी।

गालव : पर, माधवी...

माधवी : चिन्ता नहीं करो, गालव। क्या तुम भूल गए? मुझे चिर-कौमार्य का वर प्राप्त है।

गालव : क्या, माधवी?

माधवी : मुझे एक बार एक ब्रह्मचारी ने वर दिया था।

गालव : कैसा वर?

माधवी : चिर-कौमार्य का वर। मैं पुत्र-जन्म के बाद, अनुष्ठान करने पर, फिर वैसी की वैसी हो सकती हूँ। फिर से पहले जैसा यौवन ग्रहण कर लूँगी। मेरे शरीर में कोई अन्तर नहीं आएगा। चिन्ता नहीं करो, यह समय शीघ्र ही बीत जाएगा। मुझे लगता है, सचमुच, एक दिन हम स्वतन्त्र होंगे।

[मन्त्री का प्रवेश]

मन्त्री : आपने क्या निर्णय किया है?

माधवी : हमें महाराज का प्रस्ताव स्वीकार है।

मन्त्री : तो देवी, अन्तःपुर में प्रवेश करें।

[ताली बजाता है, जिस पर धाय, दो-तीन बाँदियाँ, वस्त्र-आभूषण लेकर आती हैं। माधवी के कन्धों पर दुकूल-वस्त्र डाला जाता है, और सिर पर छोटा-सा मुकुट, और वे माधवी को अपने साथ लिवा ले जाने लगती हैं।]

माधवी : यह कैसा नाटक खेला जाने लगा है, गालव? मुझे लगता है, मैं अन्तःपुर में नहीं किसी कारावास में जा रही हूँ, पर यह समय कट जाएगा। मैं एक-एक दिन गिनूँगी, गालव, न जाने फिर हम कब मिलेंगे।...तुम अपना ध्यान रखना गालव, मेरी चिन्ता नहीं करना...मुझे याद रखना गालव...भूल नहीं जाना।...

[धाय और बाँदियों के साथ माधवी का प्रस्थान। गालव मंच के बीचोबीच खड़ा है।]

पर्दा

अंक-2

दृश्य-1

कथावाचक : इस भाँति, देवियो और भद्रपुरुषो, ययाति-पुत्री अयोध्या-नरेश की अर्धांगिनी बनी, माधवी देवी, सचमुच महारानी बन, राजा हर्यश्च के साथ राजसिंहासन पर बैठी। समूचे राज्य में उसके सौन्दर्य की धूम मच गई। प्रजा उसे देख पाने के लिए उमड़-उमड़ आई। राजा का हृदय आनन्द-विभोर हो उठा। उन्होंने सोचा कि ऐसी सुन्दरी को मुक्त कर देना घोर मूर्खता होगी। उन्हें विश्वास था कि इस सर्वांग सुन्दरी से निश्चय ही उन्हें पुत्र-लाभ होगा। और इसी धारणा के साथ वे तरह-तरह के उपाय सोचने लगे कि कैसे वे माधवी को अपने राजप्रासाद में ही बनाए रखें।

धर्मग्रन्थों में, स्त्री की तुलना पृथ्वी के साथ की गई है। जिस भाँति पृथ्वी संसार-भर का बोझ वहन करती है, वैसे ही स्त्री सभी दायित्वों का भार वहन करती है, उसकी शक्ति सेवा में है। पुरुष महत्त्वाकांक्षी होता है, पर स्त्री का प्रमुख गुण त्याग है, सेवा है।

आपको रामायण का वह प्रसंग याद है जब राम वन को जाने लगे तो सीता ने क्या कहा था? सीता ने कहा था–हे राम, मुझे भी अपने संग ले चलो, वन में मैं तुम्हारे आगे-आगे चलूँगी और तुम्हारे रास्ते में पड़नेवाले काँटे बुहारती चली

जाऊँगी। हे राम, मुझे इस सेवा से वंचित मत करो, यही मेरी साधना है, यही मेरा पुण्य है।

जो कुछ सीता ने किया, वैसा ही सत्यवान की पत्नी सावित्री ने भी किया। पति की मृत्यु हो जाने पर, वह अपने पति का शव उठाए नगर-नगर और डगर-डगर घूमती रही, और अन्त में उसकी तपस्या ने, उसकी एकाग्र निष्ठा ने उसके पति को जीवन-दान दिलवाया था।

तो देवियो और भद्रपुरुषो, इधर माधवी राजसिंहासन पर बैठी, और उधर गालव शेष घोड़ों की खोज में निकला। फिर से वनों-घाटियों को लाँघता, गाँव-गाँव, नगर-नगर घूमता एक राज्य से दूसरे राज्य में जाने लगा।

इधर यह घटना-चक्र चल रहा था, उधर ययाति अपने आश्रम में मगन थे, संसारी आवेगों-उद्वेगों से दूर, पूजा-आराधना का पुण्य कमा रहे थे। पर उनका आश्रमवासी मित्र, मारीच, उत्तराखंड की लम्बी यात्रा के बाद अभी-अभी आश्रम में लौटकर आया है।

[ययाति का आश्रम। मारीच और ययाति बातें करते हुए।]

मारीच : इस समय अयोध्या में बड़ी उत्सुकता पाई जाती है, महाराज, सभी की आँखें इस बात पर लगी हैं कि कब राजा को माधवी से पुत्र-लाभ होगा। उत्सव की तैयारियाँ चल रही हैं।

ययाति : तुम तो बहुत सी बातों की खबर लेकर आए हो,

मारीच के कन्धे पर हाथ रखकर

बताओ तो, उत्तराखंड में लोग मेरे दान-दक्षिणा के सम्बन्ध में क्या सोचते हैं? वहाँ पर पता तो चल

गया होगा। वे क्या कहते हैं, कि दानवीर ययाति ने एकमात्र पुत्री को सौंप दिया?

मारीच : आपके यश की धूम तो देश के कोने-कोने में है, महाराज, जो सुनता है वही चकित रह जाता है।

ययाति : लोग यह भी कहते होंगे कि राजपाट त्यागने के बाद भी दानवीर ययाति ने अपना हाथ नहीं खींचा, क्यों? क्या अभी भी दानी राजा कर्ण से मेरी तुलना की जाती है या राजा कर्ण को लोग भूल गए हैं?

मारीच : राजा कर्ण की चर्चा तो अब बहुत कम सुनने में आती है, महाराज। बस, आपके नाम के स्वर ही चारों ओर गूँजते हैं।

ययाति : **मुस्कराकर, हार्दिक सन्तोष के साथ**
मैं जब सिंहासन पर बैठा था तो मन-ही-मन शपथ ली थी कि मैं इतना दान दूँगा, इतना दान दूँगा कि लोग कर्ण को भूल जाएँगे।

मारीच : निःसन्देह।

ययाति : वह दिन आएगा जब दान-दक्षिणा के प्रत्येक प्रसंग में केवल ययाति का नाम लिया जाएगा।

मारीच : आपका नाम इतिहास में स्वर्णाक्षरों में लिखा जाएगा, महाराज, किन्तु...

ययाति : क्या?

मारीच : माधवी का भविष्य बड़ा अनिश्चित जान पड़ता है।

ययाति : क्यों? तुम्हीं तो बता रहे हो कि राजा हर्यश्च ने उसे अपनी पटरानी बना लिया है? पंडितों की भविष्यवाणी तो सच निकली!

मारीच : हाँ, महाराज, किन्तु अयोध्या के राजा ने केवल दो सौ घोड़े देना स्वीकार किया है।

ययाति : केवल दो सौ घोड़े? क्या शेष घोड़े उनके पास नहीं हैं?

मारीच : नहीं। उन्होंने वचन दिया है कि पुत्र-लाभ के बाद

यदि माधवी चाहे तो वे उसे मुक्त कर देंगे।

ययाति : मुक्त कर देंगे? वह किसलिए?

मारीच : गालव ने हठ किया था कि वह केवल दो सौ घोड़े लेकर माधवी को वहाँ नहीं छोड़ सकता।

ययाति : यह तो अच्छा नहीं हुआ। और गालव? गालव कहाँ है?

मारीच : कुछ समय पहले गालव हमारे एक आश्रमवासी को काशी के निकट मिला था। बता रहा था कि काशी के राजा के पास भी अश्वमेधी घोड़े हैं।

ययाति : काशी-नरेश के पास? उसके पास अश्वमेधी घोड़े कहाँ होंगे? काशी तो यों भी छोटा-सा राज्य है। अपने राज्य-काल में तो हम काशी-नरेश को राजा ही नहीं मानते थे।

मारीच : महाराज, यह बड़ी चिन्ता की बात है।

ययाति : क्या?

मारीच : शेष घोड़ों के लिए यदि माधवी को किसी अन्य राजा के पास रहना पड़ा तो अच्छा नहीं होगा। यह आपकी भी मर्यादा का प्रश्न है। वह राजकन्या है। यही उचित है कि वह अयोध्या-नरेश की महारानी ही बनी रहे।

ययाति : तो इसमें मैं क्या कर सकता हूँ?

मारीच : मैं अयोध्या के महाराज से मिला था। उनकी हार्दिक इच्छा है कि माधवी उन्हीं के पास बनी रहे। पर इसमें वे आपकी सहायता चाहते हैं। इससे माधवी का भविष्य सुनिश्चित हो जाएगा।

ययाति : मैं क्या सहायता कर सकता हूँ?

मारीच : यदि आप ऋषि विश्वामित्र से अनुरोध करें कि वे शेष घोड़ों का आग्रह छोड़ दें, तो माधवी को कहीं और नहीं जाना पड़ेगा। विश्वामित्र आपकी बात मान लेंगे।

[ययाति उत्तेजित हो जाता है और ऊपर-नीचे टहलने लगता है।]

ययाति : अयोध्या-नरेश चाहते हैं कि मैं ऋषि विश्वामित्र से अभ्यर्थना करूँ कि वे दो सौ घोड़ों से सन्तुष्ट हो जाएँ? असम्भव!

मारीच : यह माधवी देवी के भावी जीवन का भी प्रश्न है, महाराज, यदि ऋषि विश्वामित्र ने अपना हठ नहीं छोड़ा और गालव भी वचनबद्ध रहा तो माधवी को अयोध्या छोड़नी होगी और फिर न जाने...

ययाति : मैं विश्वामित्र के पास जाऊँ और उनसे अनुरोध करूँ कि गुरु-दक्षिणा का आग्रह छोड़ दें—वे समझेंगे कि सन्तान के मोह के कारण मैं उनके पास याचना करने आया हूँ।

मारीच : ऐसा नहीं है, महाराज, आपके जाने से उन्हें अपने हठ पर पश्चात्ताप होगा।

ययाति : क्या अयोध्या-नरेश मेरी परीक्षा लेना चाहते हैं? क्या वे चाहते हैं कि मैं विश्वामित्र से कहूँ कि अपनी गुरु-दक्षिणा का हठ छोड़ दें और गालव से कहूँ कि अपनी प्रतिज्ञा छोड़ दे ताकि ययाति की बेटी पटरानी बन सके? क्या अयोध्या-नरेश चाहते हैं कि देश-भर में मेरे नाम पर कीच पोता जाए? ...वे चाहते हैं कि मैं उनके सुख के लिए अपने कर्म से गिरूँ?

मारीच : इसमें माधवी का हित है, महाराज।

ययाति : सुनो मारीच, जो दान दिया जा चुका है, उसके बारे में सोचना अथवा चिन्ता करना एक दानी को शोभा नहीं देता, इसका अर्थ है उसके दान में स्वार्थ का खोट मिला हुआ है। लोग कहेंगे कि ययाति अपनी एकमात्र पुत्री के मोह में फँसकर

विश्वामित्र के सामने गिड़गिड़ाने गया है...मारीच... माधवी इस आश्रम से जा चुकी है।

मारीच : यदि यही आपका निर्णय है तो कोई क्या कर सकता है।

ययाति : हर्यश्च मुझे परीक्षा में डालना चाहते हैं, वे मुझे अपने कर्तव्य से विमुख करना चाहते हैं। पर उन्हें मालूम होना चाहिए कि ययाति कर्तव्य की आग में बहुत तप चुका है।...और जानते हो विश्वामित्र क्या सोचेंगे?

मारीच : खिन्न-सी आवाज में

क्या, महाराज?

ययाति : वे सोचेंगे कि अपनी बेटी दान में देने के बाद ययाति को पश्चात्ताप होने लगा है। पहले तो दान दे दिया, अब बेटी को किसी राजा के महल में बैठा पाने के लिए मेरे पास दौड़ा आया है। और फिर...

मारीच : क्या, महाराज?

ययाति : मेरा विश्वामित्र के पास जाना उन्हें यों भी बुरा लगेगा।

मारीच : क्यों भला?

ययाति : धीमी आवाज में

क्योंकि अपनी बेटी को दान देकर मैंने विश्वामित्र की योजना को विफल करने की कोशिश की है।

मारीच : वह कैसे, महाराज?

ययाति : विश्वामित्र ने यह जानते हुए गालव को इस परीक्षा में डाला कि वह आठ सौ अश्वमेधी घोड़े कदापि नहीं जुटा पाएगा। वे गालव का दम्भ तोड़ना चाहते थे। वे चाहते थे कि गालव हाथ बाँधे, क्षमा-याचना करता हुआ उनके पास लौटकर जाए। पर अपनी बेटी को दान में देकर ययाति ने

असम्भव को सम्भव बना दिया। इससे क्या वह बिगड़ेंगे नहीं?

मारीच : पर माधवी का क्या होगा, महाराज?

ययाति : मारीच के कन्धे पर हाथ रखकर

भाग्य बली है, मारीच। हम-तुम कुछ नहीं कर सकते। प्रत्येक व्यक्ति अपना भाग्य स्वयं लेकर आता है। एक व्यक्ति दूसरे व्यक्ति के भाग्य का निर्णय नहीं कर सकता। वह केवल अपना कर्तव्य निभा सकता है।

मारीच : नहीं महाराज, क्षमा कीजिए, अपनी पुत्री की स्थिति को देखते हुए भी आपको अपना यश अधिक प्यारा है। भले ही इसके लिए माधवी की बलि देनी पड़े।

ययाति : मारीच! तुम्हें माधवी की बहुत चिन्ता है?

मारीच : माधवी मेरी आँखों के सामने खेलकर बड़ी हुई है।

ययाति : माधवी निश्चय ही किसी राजा की पटरानी बनेगी। पर मारीच, यदि माधवी किसी राजा की महारानी नहीं भी बन पाई तो मैं उसका स्वयंवर रचाऊँगा, यहीं, इसी आश्रम में, देश-भर के राजाओं-राजकुमारों को आमन्त्रित करूँगा। माधवी जिसे चाहे, अपना वर चुन ले। समस्त आर्यावर्त जान जाएगा कि ययाति राजपाट त्याग देने के बाद भी हर बात में सबसे आगे है। ययाति का आश्रम अभी भी उसकी राजधानी के समान है।

[नेपथ्य में शोर। घोड़ों की टाप]

ये आवाजें क्या हैं?

मारीच : बाहर की ओर देखते हुए

बहुत शोर है, महाराज। लगता है जैसे बहुत से घोड़े दौड़ते चले आ रहे हैं।

[आश्रम के परिचारक का प्रवेश]

परिचारक : महाराज!

ययाति : यह शोर कैसा है?

परिचारक : बीसियों घोड़े हैं, महाराज, अवश्मेधी घोड़े। इसी ओर आ रहे हैं। दस-बीस नहीं महाराज, सैकड़ों घोड़े हैं।

[एक आश्रमवासी का प्रवेश। हाँफ रहा है।]

ययाति : किसके घोड़े हैं, कहाँ जा रहे हैं?

आश्रमवासी : अश्वमेधी घोड़े हैं, महाराज, अयोध्या से आ रहे हैं। ऋषि विश्वामित्र के आश्रम की ओर ले जाए जा रहे हैं।

ययाति : ओ! तो इसका मतलब हुआ...

मारीच : कि माधवी देवी को पुत्र-लाभ हुआ है और अयोध्या-नरेश ने अपने वचनानुसार दो सौ घोड़े दे दिए हैं।...अभी भी समय है, महाराज, विश्वामित्र से गालव को ऋण-मुक्त करवाइए। माधवी अयोध्या-नरेश के पास ही बनी रहेगी, उन्हीं की महारानी बनेगी।

ययाति : उचित क्या है और अनुचित क्या है, इसका ज्ञान ययाति को तुमसे अधिक है।

[प्रस्थान]

पर्दा

दृश्य-2

[अयोध्या में उत्सव का समाँ है। नृत्य-संगीत चल रहा है। राजा को पुत्र-लाभ होने पर राज्य के कर्मचारी जनसाधारण में मिठाई बाँट रहे हैं। थोड़ी देर बाद वे वहाँ से हट जाते हैं।

पर्दा उठने पर माधवी, अयोध्या-प्रासाद के बड़े द्वार से धीरे-धीरे बाहर आ रही है। सुन्दर रानियों की वेश-भूषा में है। साथ में दो-तीन बाँदियाँ हैं, धाय है। माधवी ने गोद में अपने नवजात शिशु को उठा रखा है। माधवी सचमुच महारानियों की-सी सजधज में है।]

माधवी : **बच्चे की ओर देखकर**

सो रहा है। इसके सोए-सोए ही मैं चली जाऊँ। **एक हाथ से बच्चे का माथा सहलाती है, बच्चे को एक बार चूमती है और फिर उसे धाय की बाँहों में देती है।**

धाय : बिलकुल आप पर गया है महारानी, आप ही जैसा गोरा रंग है। देखिए, ऊँचा ललाट, कितनी प्यारी-सी तीखी नाक।

माधवी : क्या नाम रखा है महाराज ने इसका?

धाय : आप नहीं जानतीं, महारानी? इसका नाम वसुमना

रखा है।

माधवी : **बच्चे का नाम बुदबुदाती है।**

व सु म ना!

उसे फिर से चूमती है।

धाय : आँखें खोलो जी, देखो तो कौन तुम्हें दुलार रहा है?

बाँदी : जाग जाएगा।

माधवी फिर से बच्चे को धाय की गोद में से ले लेती है।

अभी भी लौट चलिए, महारानी, आप तो युवराज की माँ हैं। आप अयोध्या की पटरानी बनेंगी। आप जाती ही क्यों हैं?

माधवी : माँ नहीं, केवल जन्म देनेवाली। मैंने केवल इसे जन्म दिया है।

[बच्चे को धाय की बाँहों में लौटा देती है। बच्चे को सौंप देने के बाद माधवी अपने सिर से मुकुट उतारकर बाँदी के हाथ में दे देती है, फिर कंठहार, तथा एक-एक करके सभी आभूषण उतारकर बाँदी को देती जाती है। यहाँ तक कि बढ़िया ओढ़नी भी उतारकर दे देती है।]

ये सब महाराज को लौटा दो। रानियों के वस्त्र-आभूषण मेरे नहीं हैं। अब तुम जाओ। बच्चे को महाराज की गोद में दे दो।

[धाय और दासियाँ बच्चे को गोद में लेकर लौट पड़ती हैं। थोड़ी दूर जाने पर, प्रवेशद्वार के पास, बच्चा सहसा जाग उठता है और रोने लगता है। माधवी लपककर उसकी ओर

जाती है, पर फिर, दो-एक कदम उठाने के बाद ही ठिठक जाती है और धीरे-धीरे लौट आती है।]

[धाय और बाँदियों का प्रस्थान]

[माधवी देर तक आँखों से ओझल होते बच्चे को देखती रहती है।]

माधवी : मुझे क्या हो गया है?...गालव! गालव क्यों नहीं आया?

[एक पत्थर पर बैठ जाती है और दोनों हाथों से मुँह ढाँप लेती है।]

[गालव का प्रवेश, बाईं ओर से। गालव पहले जैसा ही है, उलझे बाल, दृढ़-प्रतिज्ञ चेहरा, व्यवहार-कुशल भाव-भंगिमा]

तुम आ गए गालव? वसुमना को मैंने लौटा दिया है।

गालव : वसुमना? कौन वसुमना?

माधवी : वसुमना, मेरा पुत्र।

गालव : मुस्कराकर

ओ!...तुम्हारा नहीं, माधवी, महाराज हर्यश्च का पुत्र! अयोध्या का युवराज!

माधवी : मुस्कराकर

धाय कहती थी, उसका चेहरा मुझ पर गया है–ऊँचा ललाट, गोरा रंग, मेरे जैसे ही नाक-नक्श। वह अभी-अभी यहीं पर था। मैं उसे तुम्हें दिखाना चाहती थी। तुम देर से क्यों आए?

गालव : गम्भीरता से

तुम्हें भावुकता से बचना चाहिए, माधवी।

माधवी : **ठिठक जाती है। उसकी आँखें फैल जाती हैं, कुछ देर तक गालव के चेहरे की ओर देखती रहती है।**

ठीक कहते हो, गालव, वह मेरा लगता ही क्या है...तुम्हें घोड़े मिल गए?

आँखें पोंछती है।

गालव : हाँ, माधवी, मुझे घोड़े मिल गए। दो सौ घोड़े।

उत्साह से

मैंने उन्हें गुरुदेव के आश्रम में भिजवा दिया है। इतने अच्छे घोड़े कि तुम्हें क्या बताऊँ। भागते हैं तो जैसे हवा से बातें कर रहे हों। गर्दन पर उनकी अयालें नाचती हैं। उनके कदमों के नीचे पृथ्वी जैसे थरथराती है। मैं तो मन्त्रमुग्ध-सा उन्हें देखता रह गया। अश्वमेधी घोड़े की सचमुच अपनी गरिमा होती है।

माधवी : घोड़े?...ओ, हाँ, गालव। तो घोड़े मिल गए?

गालव : **उसी तरह चहकते हुए**

मैंने सोचा, मैं कहाँ दो घोड़े हाँकता फिरूँगा। उन्हें अभी से भेज दूँ। गुरुदेव इन्हें पाकर प्रसन्न ही होंगे। सोचेंगे कि गालव का वचन पूरा होने लगा है।

[माधवी, खोई हुई-सी, उसकी ओर देखे जा रही है। बार-बार मुड़कर, उस दिशा में देखती है जिस ओर उसके बालक को ले जाया गया है।]

अब हम स्वतन्त्र हैं, माधवी, यहाँ से जा सकते हैं।

माधवी : स्वतन्त्र हैं, गालव, तुमने क्या कहा?

गालव : अब हम यहाँ से जा सकते हैं। अब हमें अयोध्या में रुकने की जरूरत नहीं है।

माधवी : कौन स्वतन्त्र है, गालव? मुझे तो लगता है जैसे मेरे

पैरों में जंजीरें पड़ गई हैं।

सहसा ठिठककर

तुमने सुना, गालव?

गालव : क्या है? मैंने तो कुछ नहीं सुना!

माधवी : बच्चा रोया है। वसुमना की आवाज थी। वह जाग गया है। धाय की गोद में...

गालव : **ध्यान लगाकर सुनता है।**

नहीं, कोई नहीं रोया, माधवी, तुम्हें भ्रम हुआ है।

माधवी : **देर तक चुप रहती है।**

तुम क्या कह रहे थे, गालव? हम स्वतन्त्र हैं? क्या हम जहाँ चाहें जा सकते हैं? क्या तुम्हारे गुरु ने गुरु-दक्षिणा से मुक्त कर दिया है?

गालव : नहीं माधवी, मेरा यह मतलब नहीं था। मेरा मतलब है कि घोड़ों को साथ में हाँककर ले जाने का बोझ हम पर नहीं होगा। और अब अयोध्या के प्रति हमारा कोई दायित्व भी नहीं रह गया है।

[माधवी फिर से पत्थर पर बैठ जाती है।]

तुम फिर से बैठ गई हो, माधवी? लगता है साल-भर राजमहल में रहने के कारण तुम्हारे शरीर में शिथिलता आ गई है।

[माधवी का ध्यान दूसरी ओर है। वह जैसे कुछ भी नहीं सुन रही है।]

तुम्हें क्या हो गया है, माधवी? तुम मेरी बात तक़ नहीं सुन रही हो। न जाने तुम्हारा ध्यान किस ओर है।

माधवी : **उदास-सी मुस्कान के साथ**

ठीक कहते हो, गालव। मैंने उसे सोए-सोए दूध पिलाया था। लगता है, वह अभी भूखा है।

गालव : कौन भूखा है? बच्चे को भूल जाओ, माधवी। वह अब तुम्हारा कुछ नहीं लगता। अब उसके साथ तुम्हारा कोई सम्बन्ध नहीं रह गया है।

माधवी : **देर तक गालव के चेहरे की ओर देखती रहती है।** ओ गालव, मैं तुम्हें क्या बताऊँ? जब तक बच्चे ने जन्म नहीं लिया था, मैं सारा वक्त तुम्हारे बारे में ही सोचती रहती थी, तुम्हारे बारे में, तुम्हारी गुरु-दक्षिणा के बारे में। पर उसके जन्म लेने की देर थी कि न जाने मुझे क्या हो गया। मेरे लिए सबकुछ बदल गया। गालव, गालव, मुझे क्या हो गया है?

गालव : अपने को संयत करो, माधवी। अभी इस यात्रा के पहले पड़ाव पर ही तुम धैर्य खो बैठोगी तो आगे क्या होगा?

माधवी : क्या ऐसा नहीं हो सकता कि हम कुछ दिन और यहाँ बने रहें? मैं महलों के अन्दर नहीं जाऊँगी। यहीं, बाहर ही कहीं पड़े रहेंगे। मैं धाय से कहूँगी, दिन में एक बार वह वसुमना को मेरे पास ले आया करे।

गालव : अब वह युवराज है, माधवी, उसे अब राजप्रासाद के बाहर कोई नहीं भेजेगा।

माधवी : मुझे लगता है, बेटे के जन्म से पहले मैं कोई दूसरी ही माधवी थी, बेटे के जन्म के बाद मैं बिलकुल बदल गई हूँ। वह माधवी नहीं रही हूँ।

गालव : मुझे खेद है माधवी, पर अब हमें जल्दी-से-जल्दी दूसरी यात्रा पर निकल चलना होगा।

माधवी : अब कहाँ जाना होगा?

गालव : मैंने पता लगा लिया है, माधवी। यहाँ से अब हम सीधे काशी जाएँगे। काशी-नरेश, दिवोदास के पास भी अश्वमेधी घोड़े हैं। महाराज हर्यश्च ने ठीक ही

कहा था।...महाराज का व्यवहार तुम्हारे प्रति कैसा रहा?

माधवी : वैसा ही जैसा राजाओं का होता है। सभी राजा कर्तव्य निभाते हैं, गालव। पहले कुछ दिन राजप्रासाद में, फिर रनिवास में डाल दी गई थी। पर जब महाराज को पता चला कि मेरे बच्चा होनेवाला है तब राज्य-भर के वैद्य और दसियों बाँदियाँ मेरे इर्द-गिर्द घूमने लगीं।

हँसती है, फिर धीरे-धीरे विषाद में डूब जाती है।

पर मैं जानती थी, ये बाँदियाँ मेरी नहीं, राजा की हैं; ये वस्त्र और आभूषण मेरे नहीं, राजा के हैं; कि मेरी कोख से जन्म लेनेवाला बच्चा भी मेरा नहीं, राजा का होगा।...पर अब तो सारा वक्त मेरी आँखों के सामने वसुमना का चेहरा ही घूमता रहता है।

गालव : कब वह दिन आएगा, जब हम इस ऋण से मुक्त हो सकेंगे?

माधवी : मुक्त होने पर तुम क्या करोगे, गालव?

गालव : मैं कुछ नहीं जानता, माधवी, मैं केवल इतना जानता हूँ कि अभी छह सौ घोड़ों का प्रबन्ध करना बाकी है।

माधवी : **एकटक गालव के चेहरे की ओर देखती है।**

तुम सारा वक्त अपनी गुरु-दक्षिणा के बारे में ही सोचते रहते हो, गालव। है, ना? तुम्हें सारा वक्त यही चिन्ता लगी रहती है कि शेष घोड़े मिलेंगे या नहीं। तुम्हारे लिए तो यह साल-भर का समय काटना भी कठिन रहा होगा।

गालव : मैं जानता हूँ तुम्हारे लिए भी यह दायित्व निभाना आसान नहीं हो रहा है। पर ये दिन बीत जाएँगे, माधवी। मैं तुम्हें सुखी देखना चाहता हूँ।

माधवी : मुझे सुखी देखना चाहते हो?

मुस्कराती है।

मेरे पिता भी मुझे सुखी देखना चाहते थे। अयोध्या-नरेश भी मुझे सुखी देखना चाहते हैं।

हँसकर

चारों ओर से मुझे सुख-ही-सुख मिल रहा है। सुख की वर्षा हो रही है। नहीं, मुझे ऐसे शब्द मुँह पर नहीं लाने चाहिए...तुम अपनी कहो, गालव। मेरे सुख की कामना के अतिरिक्त क्या करते रहे हो?

गालव : तुम पहले तो इस तरह से बातें नहीं किया करती थीं, माधवी?

माधवी : पहले संसार में वसुमना नहीं आया था, गालव। जन्म देने के साथ ही मेरा बच्चा मेरी गोद से छिन गया है।

गालव : उसे तुम अपना बच्चा क्यों समझती हो, माधवी! तुमने तो राजा को एक राजकुमार जुटाया है, बस। यही हमारा अनुबन्ध था।

माधवी : न जाने जब मेरा बेटा चक्रवर्ती राजा बनेगा तो मैं कहाँ पर होऊँगी। तब हम कहाँ होंगे, गालव?

[अयोध्या-नरेश के मन्त्री का प्रवेश]

मन्त्री : माधवी से

महाराज ने आपको याद किया है, देवी।

माधवी : मेरे लिए क्या आदेश है?

मन्त्री : महाराज ने कहा है कि सम्भवतः अभी आप इस स्थिति में नहीं हैं कि यात्रा कर सकें। महाराज ने कहा है, यदि आप चाहें तो जन्मोत्सव की समाप्ति के दिन तक अयोध्या में निवास कर सकती हैं।

माधवी : महाराज की कृपा है।

बड़ी उत्सुकता से

गालव! सुना तुमने? मैं कुछ दिन और अयोध्या में रह सकती हूँ वसुमना के पास।

मन्त्री : अनुबन्ध के अनुसार, पुत्र-लाभ होने पर महाराज ने अपना वचन पूरा कर दिया है, घोड़े जुटा दिए हैं और देवी को मुक्त कर दिया है। इसलिए अब देवी राजप्रासाद में न रहकर, प्रासाद के बाहर, अतिथि-मंडप में रहेंगी।

माधवी : अवसादपूर्ण मुस्कान के साथ

बेटा अन्तःपुर में रहेगा, माँ बाहर अतिथिगृह में। इस भाँति माँ स्वास्थ्य-लाभ करेगी। महाराज को भी मेरे सुख की चिन्ता है। क्या कोई और आदेश भी दिया है, महाराज ने?

मन्त्री : महाराज देवी से प्रसन्न हैं। वे देवी के सुख की कामना करते हैं। उनका कहना है कि मुनिकुमार के प्रति अपना वचन निभा देने के बाद भी वे माधवी देवी को अपनी पटरानी बनाने के लिए तैयार हैं।

[माधवी चुप रहती है।]

क्या आज्ञा है, देवी?

माधवी : महाराज को प्रणाम कहें। उनसे कहें कि माधवी भी वचनबद्ध है, अपना वचन पूरा करने के बाद राजप्रासाद के बाहर आ गई है। अयोध्या में रहने का अब कोई प्रयोजन नहीं है, मैं आज ही यहाँ से चली जाऊँगी, महाराज को मेरा धन्यवाद कहें।

मन्त्री : महाराज को इस बात का भी बड़ा खेद है कि माधवी देवी, महाराज से मिले बिना, उनसे विदा लिये बिना, महलों के बाहर चली आई है।

माधवी : यही उचित था। महाराज को मेरा प्रणाम कहें।

मन्त्री : देवी, क्या महाराज से विदा नहीं लेंगी?

माधवी : **तनिक रुककर**

मुझे जिससे विदा लेनी थी, ले ली है।

मन्त्री : जो आज्ञा।

[मन्त्री का प्रस्थान]

माधवी : गालव, तुम्हें एक बात बताऊँ?

गालव : क्या है, माधवी?

माधवी : इन्हीं दिनों, एक दिन प्रभातवेला में अचानक मेरी नींद टूट गई। अभी चारों ओर बहुत अँधेरा था। मैं शय्या पर से उठकर बाहर झरोखे के पास चली गई। तभी, वही दृश्य मैंने देखा जो आश्रम में उस रात सपने में देखा था—उस दिन जब तुम मेरे पिता से मिलने आए थे। अँधेरा, झुटपुटा, तरह-तरह की आवाजें, अँधेरे में घोड़ों की पदचाप, उनके बीच सफेद अश्वमेध का घोड़ा। मैं मन्त्रमुग्ध-सी उसे देखती रही। तभी मेरे पास एक बाँदी दौड़ी आई। बोली, महाराज का आदेश है, आज दो सौ घोड़े मुनिकुमार को सौंप दिए जाएँगे, और आज से माधवी देवी स्वतन्त्र होंगी। यह कहते हुए उसी क्षण, शय्या पर से उसने मेरा पुत्र उठा लिया। और मैं देर तक समझ नहीं पाई कि यह सपने में हुआ या सचमुच हो गया। जब मैंने आँखें खोलीं तो मेरा पुत्र वहाँ पर नहीं था। सेज खाली थी।

गालव : बहुत सोचते नहीं, माधवी। तुम भी तो यहाँ पर बने नहीं रहना चाहती हो न? तुम्हीं ने तो यह सुझाव दिया था। वैसा ही तो हुआ है। अब तुम स्वतन्त्र हो।

माधवी : स्वतन्त्र? कैसी स्वतन्त्रता, गालव? उन दीवारों के पीछे मेरा नन्हा बालक मुँह खोले मेरा स्तन ढूँढ़ रहा है, और तुम कहते हो, मैं स्वतन्त्र हूँ? गालव, क्या

सचमुच तुम मुझे स्वतन्त्र समझते हो? जो माँ अपने बच्चे को छाती से लगा पाए, वही स्वतन्त्र होती है।

गालव : मैं नहीं जानता था कि सन्तान पैदा हो जाने पर तुम इतनी दुर्बल हो जाओगी। इसीलिए शायद स्त्रियाँ जोखिम के काम नहीं कर सकतीं, किसी बड़े काम का दायित्व वहन नहीं कर सकतीं।

माधवी : **गालव की ओर एकटक देखते रहने के बाद**

तुम सदा दायित्व की बात करते रहते हो, गालव। तुम यही कहना चाहते हो कि मैं कर्तव्यपरायण नहीं हूँ।

गालव चुप रहता है।

एक कर्तव्य मेरे पिता का, एक कर्तव्य मुनिकुमार गालव का; दोनों के कर्तव्य मेरे माध्यम से पूरे हो रहे हैं। फिर भी मैं दुर्बल हूँ, कर्तव्यपरायण वही हैं। पिता ने मुझे सौंपकर अपना कर्तव्य निभा दिया, और मुनिकुमार ने घोड़े बटोरकर अपना कर्तव्य पूरा कर दिया। एक दानवीर बन गया, दूसरा आदर्श शिष्य। और माधवी? मोह की मारी माधवी कर्तव्य से गिर गई। वह किसी बड़े काम का दायित्व वहन नहीं कर सकती। यही ना?

गालव चुप रहता है। मुस्कराती है।

यदि यह दुर्बल नारी बीच में से निकल जाए, गालव, तो क्या होगा?

गालव : माधवी!

माधवी : नहीं गालव, ऐसा होगा भी नहीं। तुम्हारा संकल्प भी पूरा हो गया और मेरे पिता का वचन भी। दुर्बल माधवी दोनों का दायित्व निभाएगी।...मुझे तो केवल वसुमना याद हो आया था।...इस दुर्बल नारी का यों भी कोई अस्तित्व नहीं है, न उस

लम्पट राजा के लिए, न अयोध्या नगरी के लिए, न मेरे पिता के लिए, और शायद तुम्हारे लिए भी नहीं, गालव। आज सचमुच मुझे स्वतन्त्रता मिली है। मैं मुक्त हुई हूँ। माधवी न घर की न घाट की!

गालव : तुम मन में दुखी हो, माधवी, परन्तु दुख में भी कर्तव्य को अपनी शिष्टता नहीं खोनी चाहिए।

माधवी : क्यों? मैंने क्या कहा है?

गालव : तुमने अयोध्या-नरेश को लम्पट राजा कहा है। यह उचित नहीं है। राजा ने अपना वचन निभाया है। राजकुमार पैदा होते ही गिनकर दो सौ घोड़े दे दिए हैं और तुम्हें मुक्त कर दिया है, ऐसा व्यक्ति लम्पट कैसे हो सकता है?

माधवी एकटक गालव की ओर देखती है।

चुप क्यों हो, माधवी?

माधवी : ठीक है गालव, तुम्हारी नजरों में वह लम्पट कैसे हो सकता है।

गालव : तुम्हें भी शिष्ट भाषा में बोलना चाहिए, माधवी।

माधवी : जानते हो, जिन रानियों से राजा को सन्तान नहीं मिली, महल की दीवारों के पीछे उनकी क्या गति हुई है? उन्हें भोजन तक के लिए कोई नहीं पूछता था। मेरे महल में आ जाने के बाद भी राजा ने दो ब्याह और किए हैं।

गालव : तुम व्यंग्य में बात करने लगी हो, माधवी। पहले तो ऐसा नहीं था। तुम्हारे स्वर में कटुता आ गई है।

माधवी : पहले हर बात मुझे भली लगती थी। हर व्यक्ति मुझे देवता लगता था...

गालव : तुम्हारे कटु अनुभवों में मैं समझ सकता हूँ, माधवी, पर वचन तो निष्ठा के साथ ही निभाए जा सकते हैं। निष्ठा और दृढ़ता के साथ।

माधवी : ठीक कहते हो, गालव। हमें अब कहाँ जाना होगा? काशी-नरेश के पास? क्या उनके पास भी दो सौ घोड़े हैं?

गालव : हाँ, माधवी।

माधवी : और वह भी चक्रवर्ती पुत्र के लिए लालायित हैं?

हँसकर

मैं इतने चक्रवर्ती राजाओं को जन्म दे रही हूँ। वे एक-दूसरे से ही लड़कर कट मरेंगे।...काशी-नरेश के भी कोई सन्तान नहीं है?

गालव : नहीं, उन्हें अभी तक पुत्र-लाभ नहीं हुआ।

माधवी : और वे मुझे एक वर्ष के लिए अपनी पटरानी बनाएँगे।

गालव : कुछ ही दिन पहले महाराज ने यज्ञ करवाया है। यज्ञ में दी गई बलि से पुरोहितों ने भविष्यवाणी की है कि महाराज को शीघ्र ही पुत्र-लाभ होगा।

माधवी : **धीमी मुस्कान के साथ**

पुरोहितों ने भविष्यवाणी की है कि मेरी कोख से एक और बालक का जन्म होगा? काशी के युवराज का?

गालव : यही कहा है, माधवी।

माधवी : **सहसा चुप हो जाती है और कुछ देर तक चुप बनी रहती है। फिर, सहसा सिहर उठती है।**

तुमने बच्चे का रोना सुना, गालव?

गालव : नहीं तो, माधवी, यहाँ तो कोई बच्चा नहीं रोया। तुम्हें फिर से भ्रम हुआ है।

माधवी : मैं अपने आनेवाले बच्चे का रोना सुन रही थी, गालव।

अत्यन्त व्याकुल होकर, छटपटाती हुई-सी

ओ गालव, तुमने मुझे किस जलती आग में झोंक दिया है? मैंने तुम्हारा क्या बिगाड़ा था? मैंने अपने

पिता का क्या बिगाड़ा था?

रोती है, थोड़ी देर बाद सामान्य होने पर

क्षमा करना, गालव, मैं सचमुच बड़ी दुर्बल हूँ। मैं स्वयं अपनी दुर्बलता पर लज्जित हूँ। चलो गालव, जहाँ ले चलोगे, चलूँगी। तुम्हीं मेरे भाग्य हो, गालव, तुम्हीं मेरी नियति हो।

[पत्थर पर से उठ खड़ी होती है। गालव की कोहनी पर हाथ रखकर]

गालव : मैं तुम्हारे प्रति बड़ा कृतज्ञ हूँ, माधवी।

माधवी : तनिक चुप रहने के बाद

मैं सचमुच बड़ी दुर्बल हूँ, गालव, मैं अपना ही रोना ले बैठी, तुम्हारे आने से पहले मैंने निश्चय किया था कि तुमसे कुछ भी नहीं कहूँगी।

गालव : तुम्हें बच्चे से बिछड़ जाने के बाद बड़ा दुख है, माधवी, पर क्या तुम्हें कभी मेरी स्थिति का भी ध्यान आया? राजा के रनिवास में चले जाने के बाद, तुम क्या समझती हो, कि मैं सुखी रह सकता था? इस बात की कल्पना से भी मैं सिहर उठता था कि तुम एक पराए पुरुष के साथ सहवास कर रही हो।

माधवी : आगे बढ़ आती है।

गालव!

द्रवित होने लगती है।

गालव : पिछले एक वर्ष में मैं तीन बार छटपटाता हुआ तुम्हारे प्रासाद के बाहर आया हूँ। एक ओर घोड़ों के लिए भटकन, दूसरी ओर ईर्ष्या की दहकती आग। मैं कभी घोड़ों की खोज में जाता, कभी भागता हुआ यहाँ लौट आता। क्या मैं सुखी था? मैंने यह समय तिल-तिलकर काटा है।

माधवी : मैं भी कैसी हूँ? अपना ही दुखड़ा लिये बैठी हूँ।... पर तुम्हें तो मुझ पर विश्वास होना चाहिए था ना। राजा मेरा क्या लगता है। उसे तो मैं जानती भी नहीं थी। जानते हो, बच्चे के जन्म से पहले, महल की दीवारों से घिरी, में हर क्षण तुम्हें याद करती थी। बार-बार झरोखों के पास जा खड़ी होती और मेरी आँखें तुम्हें ढूँढ़ने लगतीं। अनजाने लोगों के बीच जब मैं व्याकुल हो उठती तो तुम्हारा चेहरा मेरी आँखों के सामने आ जाता और मैं अपना सारा दुख भूल जाती। तुम्हारी याद आते ही मेरी आँखों के सामने फुलवाड़ी-सी खिल उठती।... प्रसूति के समय मैं बड़ी व्याकुल थी। दर्द से छटपटा रही थी। पर मैं सहसा शान्त हो गई। मैंने मन में कहा, यदि गालव से मेरा पुत्र उत्पन्न हुआ होता तो क्या मैं इतना रोती-चिल्लाती? तब तो मैं सारी पीड़ा हँसते-हँसते सहन कर लेती। और गालव...

असीम स्नेह के साथ

जब उन्होंने बालक को मेरी गोद में रखा तो मैं उसके चेहरे में तुम्हारे नाक-नक्श ढूँढ़ रही थी।

गहरी साँस भरकर

मेरे प्रेम की भी परीक्षा हो रही है, क्यों, गालव? क्या मैं इस परीक्षा में उत्तीर्ण हो पाऊँगी?...एक बात पूछूँ?

गालव : क्या, माधवी?

माधवी : तुम किसलिए अपना वचन पूरा करना चाहते हो?

गालव : गुरु-ऋण से मुक्त होने के लिए।

माधवी : बस, इतना ही?

गालव : और क्या, माधवी? तुम क्या सोच रही हो? तुम्हें सदा विचित्र बातें सूझती रहती हैं।

माधवी : मुस्कराकर

तुम ऋण-मुक्त होने के लिए ये सब प्रयास कर रहे हो ना? और मैं?

गालव : क्या?

माधवी : आग्रह से

मैं तुम्हें प्राप्त कर पाने के लिए।...चलो, गालव।

[नेपथ्य में बच्चे के जन्मोत्सव के आह्लादपूर्ण स्वर, संगीत आदि सुनाई देते हैं, जब गालव और माधवी बाहर जा रहे होते हैं।]

पर्दा

मध्यान्तर

दृश्य-3

[ढोल-मजीरे के साथ एक धुन समाप्त होती है। कथावाचक चिमटा रख देते हैं।]

कथावाचक : शास्त्रों में कहा गया है कि जिस राजा को पुत्र-लाभ नहीं होता, वह राजा रंक समान है। वह राजा अपना इहलोक और परलोक दोनों खो बैठता है। वंश को आगे ले जानेवाला, सत्ता और सम्पत्ति का उत्तराधिकारी, पितरों की आराधना करनेवाला, बाप-दादा के यश को और अधिक उज्ज्वल बनानेवाला, पुत्र ही है। देवियो और भद्रपुरुषो, उसी पर घर की, परिवार की, समाज की, राज्य की गाड़ी चलती है। इसीलिए शास्त्रों में कहा गया है कि जिसके पुत्र नहीं, वह राजा रंक समान है।

अयोध्या को छोड़, गालव और माधवी, चलते-चलाते काशी पहुँचे। गंगाजी के तट पर बसी, देवों की नगरी काशी के सिंहासन पर महाराज दिवोदास विराजमान थे। प्रजा उन्हें रसिक राजा दिवोदास कहकर पुकारती थी क्योंकि वह बड़े कलाप्रेमी राजा थे, सारा समय रास-रंग में लीन रहते। सोने की शय्या पर सोते हुए भी राजा दिवोदास पुत्र के लिए लालायित रहते थे। उनके रनिवास में पैंतीस रानियाँ थीं पर पुत्र-लाभ एक से भी नहीं हुआ था। जैसे भौंरा फूलों पर मुग्ध होता

है, वैसे ही वे स्त्री के प्रति आसक्त होते थे। माधवी को देखते ही उस पर मुग्ध हो गए।

उनके पास भी दो सौ अश्वमेधी घोड़े थे, जो उन्होंने अपने गुरु, भृगु महाराज के सौजन्य से प्राप्त किए थे।

[काशी के राजा दिवोदास के प्रासाद का एक कक्ष। रसिक राजा दिवोदास शरीर से दुबला-पतला है, पर बड़ी-बड़ी मूँछें हैं, चाल-ढाल में यह दिखाने की कोशिश कि वह बड़ा शूरवीर, सुन्दर और प्रभावशाली व्यक्तित्व का धनी है। अपने शौर्य पर मुग्ध है। भड़कीले रेशमी वस्त्र पहने है, बाजू पर कंगन, गले में मोतियों के हार, आँखों में काजल, कलाई पर फूलों के गजरे। वह बार-बार छाती फुलाता और मूँछें ऐंठता है। एक दासी पंखा झल रही है, दूसरी पीठ पर चन्दन लगा रही है। पास में विदूषक बैठा है।

गालव और माधवी एक ओर खड़े हैं।]

दिवोदास : माधवी से

तुम ययाति की पुत्री हो?

माधवी : हाँ, महाराज।

दिवोदास : हमारे पास कैसे वस्त्र पहनकर आई हो! इन वस्त्रों से तो दूर से ही बास आ रही है।

माधवी को ऊपर से नीचे तक देखकर

तुम हमें रिझाओगी कैसे? ऐसे वस्त्रों से, जिनसे बास की लपटें उठ रही हैं? लगता है पिता के आश्रम में सारा वक्त कौवे उड़ाती रही हो।

गालव : आगे बढ़कर

महाराज, माधवी एक वर्ष तक अयोध्या के राजा हर्यश्च के रनिदास में रह चुकी है।

दिवोदास : अच्छा? लगता तो है जैसे सीधे जंगल से चली आ रही है।

माधवी से

काम-क्रीड़ा तो जानती हो? या केवल यज्ञ-हवन ही करना जानती हो?

माधवी चुप रहती है।

विदूषक से

जाने क्यों स्त्रियाँ हमारी ओर खिंची चली आती हैं।

विदूषक : आपके शौर्य के कारण, महाराज।

दिवोदास : जब कभी हम रथ पर निकलते हैं तो नगर की अट्टालिकाएँ स्त्रियों से खचाखच भर जाती हैं।

विदूषक : आपके रूप को निहारने के लिए, महाराज।

दिवोदास : जब हम किसी वाटिका में टहलते हैं तो कितने ही लोग पेड़-पौधों के पीछे से हमें ताकते रहते हैं। लगता है पौधों पर लगे फूल भी हमारी ओर मुड़ गए हैं।

विदूषक : आपके रूप-सौन्दर्य का रस लेने के लिए, महाराज।

दिवोदास : ऐसा ही जान पड़ता है।

[शीशा उठाकर अपना चेहरा विभिन्न कोणों से देखता है।]

माधवी से

तुम भी हमारी ओर खिंची चली आई हो। जैसे सावित्री सत्यवान की ओर खिंची चली आई थी। जैसे लक्ष्मी नारायण की ओर, जैसे रुक्मणी कृष्ण की ओर। क्यों, कैसा रहा?

विदूषक : यह तो कविता है, महाराज।

दिवोदास : **उत्साहित होकर**

जैसे शकुन्तला दुष्यन्त की ओर, जानकी राम की ओर, अदिति कश्यप की ओर, गंगा सागर की ओर...वैसे ही...तुम्हारा नाम क्या है?

गालव : माधवी।

दिवोदास : वैसे ही माधवी दिवोदास की ओर खिंची चली आई है।

विदूषक : वाह, वाह!

दिवोदास : काम-क्रीड़ा तो जानती हो ना?

[माधवी चुप खड़ी रहती है।]

विदूषक से

स्त्रियाँ श्रृंगार तो बहुत करती हैं, पर काम-क्रीड़ा नहीं जानतीं। हमारी पहली रानी जब पहली बार शयन-कक्ष में आई तो सभी आभूषण पहनकर आई। उसे इतना भी मालूम नहीं था कि काम-क्रीड़ा में आभूषण चुभते हैं। हमारा सारा शरीर छिल गया।

दासी से, जो उसकी पीठ पर चन्दन लगा रही है, तनिक खीजकर

चन्दन लगा रही हो या दीवार पर लिपाई कर रही हो। इसे तुम चन्दन लगाना कहती हो?—तुम्हारा कोई प्रेमी है?

दासी झेंप जाती है।

उसे कभी चन्दन नहीं लगाया? उसके शरीर पर भी गारा लेपती हो जैसे हम पर लेप रही हो?

विदूषक : चन्दन का लेप स्त्रियाँ लगाती हैं, राजन्, पुरुष नहीं लगाते। पुरुषों में तो केवल आप ही लगाते हैं।

दिवोदास : क्यों? क्या शास्त्रों में लिखा है कि केवल स्त्रियाँ ही चन्दन लगाएँगी?

विदूषक : स्त्री चन्दन लगाए तो उससे पुरुष की कामुकता बढ़ती है।

दिवोदास : और यदि हम चन्दन लगाएँ तो उससे स्त्री की कामुकता नहीं बढ़ेगी? क्यों स्त्रियाँ हमारी छाती पर अपना सिर रख देती हैं?

विदूषक : क्योंकि आपका वक्ष बड़ा विशाल है, राजन्, आपके शौर्य के कारण।

दिवोदास : **मुस्कराकर**

ऐसा!

छाती फुलाता है, फिर मूँछों को ताव देता है।

जानते हो पुरुष का आकर्षण किसमें होता है?

विदूषक : महाराज, आपका तो आपकी मूँछों में है।

दिवोदास : **मुस्कराता है।**

ऐसा!

शीशा उठाकर अपनी मूँछें देखता है, उन्हें ऐंठता है।

विदूषक : ऐसी मूँछें तो अच्छे कर्म करने पर ही मिलती हैं। आपकी मूँछों से आपका शौर्य झलकता है।

दिवोदास : क्या हमारी भौंहों से नहीं झलकता? कमान की तरह तनी हुई हैं हमारी भौंहें।

भौंहें नचाता है।

पर हमसे पूछो तो हमारा सबसे बड़ा आकर्षण हमारी आँखों में है।

शीशा देखता है।

जब हम किसी स्त्री की आँखों में आँखें डालकर देखते हैं तो उसकी साँस धौंकनी की तरह चलने लगती है।

विदूषक : क्योंकि आपकी चितवन में कामुकता है, महाराज। आप रसिकों में सबसे बड़े रसिक हैं।

दिवोदास : **मुस्कराकर**

ऐसा!

माधवी की ओर देखता है।
तुमसे पुत्र-लाभ तो होगा?
माधवी चुप रहती है।
गालव की ओर देखकर
क्यों, युवक, तुम्हारी प्रार्थना तो हम स्वीकार कर लें, पर कौन जानता है, इससे हमें पुत्र-लाभ होगा या नहीं?

गालव : होगा, महाराज। अयोध्या के राजा हर्यश्च को भी पुत्र-लाभ हुआ है।

दिवोदास : **विदूषक से**
अभी तक तो जो रानियाँ हमारे रनिवास में आई हैं, उनसे हमें पुत्री-लाभ ही हुआ है। इस समय सत्रह पुत्रियाँ हमारे रनिवास की शोभा बढ़ा रही हैं।

[परिचारक का प्रवेश]

परिचारक : महाराज की जय हो!

दिवोदास : कहो, क्या है?

परिचारक : मुनिराज भृगु की ओर से एक साधु पधारे हैं।

दिवोदास : क्या यज्ञ सम्पन्न हो गया? ले आओ अन्दर।

[परिचारक का प्रस्थान। साधु को लेकर परिचारक अन्दर आता है।]

कहिए, महाराज!

साधु : **हाथ उठाकर आशीर्वाद देते हुए**
आज ही यज्ञ में आहुति देने के बाद मुनिराज ने भविष्यवाणी की है, देवगण आपसे प्रसन्न हैं।

दिवोदास : मुनिराज के अनुग्रह से हम अभिभूत हुए हैं।

साधु : आज ही अनुष्ठान सम्पन्न हुआ, महाराज। मुनिराज ने आशीर्वाद दिया है। आपके वंश में शीघ्र ही वृद्धि होगी।

दिवोदास : वृद्धि तो पिछले बीस वर्ष से हो रही है। पुत्र की या पुत्री की?

साधु : वीर पुत्र की, महाराज।

दिवोदास : क्या सचमुच हमें पुत्र-लाभ होगा?

साधु : हाँ, महाराज।

दिवोदास : भाग्य बली है। जिस स्त्री से हमें पुत्र-लाभ होगा, वह पहले ही हमारे सामने प्रेम की झोली फैलाए खड़ी है। क्या सचमुच सत्रह बेटियों के बाद हमारे यहाँ बेटा होगा?

साधु : वही वीर पुत्र आपके शत्रुओं का नाश करेगा।

दिवोदास : वही हमारे शत्रुओं का नाश करेगा? पर उसे तो बड़ा होने में वर्षों लग जाएँगे। और शत्रु तो हमारे राज्य की सीमाओं पर घने बादलों की तरह, सारा वक्त मँडराते रहते हैं।

साधु : गुरु महाराज इसके लिए भी कोई अनुष्ठान करेंगे।

दिवोदास : गुरु महाराज से कहें कि वे अनुष्ठान हमारे शत्रु राज्यों को लक्ष्य करके करें। कहीं पर दुर्भिक्ष की व्यवस्था कर दें, कहीं पर महामारी की। इस बीच हमारा चक्रवर्ती वीर बड़ा हो जाएगा।

साधु : जो आज्ञा, महाराज।

दिवोदास : अपने राज्य की रक्षा कर पाने के लिए हमने क्या नहीं किया है। ब्राह्मणों से अश्वमेधी घोड़े तक खरीद लिये। हमें डर लगा रहता है कि किसी दिन हमारे शत्रु इन घोड़ों को ही भगा ले जाएँगे।

साधु : तो आज्ञा है, महाराज?

दिवोदास : महाराज को हमारा नतमस्तक प्रणाम कहें। हम उनकी सेवा में शीघ्र ही उपस्थित होंगे।

[साधु का प्रस्थान]

इधर सामने आओ, युवक।

गालव आगे बढ़ जाता है।

तुमने सुन लिया भृगु महाराज का सन्देश?

गालव : सुन लिया, महाराज।

दिवोदास : हम इस युवती को अपने रनिवास में रखेंगे। पुत्र-लाभ होने पर हम तुम्हें अश्वमेधी घोड़े दे देंगे। दो सौ घोड़े। न एक कम, न एक ज्यादा। और इस भीलनी को भी मुक्त कर देंगे। पर यदि पुत्र न हुआ और अठारहवीं बेटी हुई तो हम, तुम दोनों को काल कोठरी में बन्द कर देंगे।

माधवी को सिर से पाँव तक देखकर, बाँदी से

इसे ले जाओ।

माधवी से

वन-कन्या. जाओ स्नान करो, और सोलह श्रृंगार करके आओ। और आभूषण पहनकर मत आना।

दबी आवाज में

इन्हें अच्छे-अच्छे वस्त्र भी हमें ही जुटाने पड़ते हैं।

[बाँदी के साथ माधवी का प्रस्थान]

शीशे में चेहरा देखकर, मूँछें सहलाते हुए

अब देखें गुरु महाराज भृगु के अनुष्ठान का प्रभाव!

पर्दा

दृश्य-4

कथावाचक : विलक्षण लोगों की जीवन-यात्रा कभी भी सीधे रास्ते से नहीं होती। वह सदा टेढ़े-मेढ़े रास्तों से होती है।

अब गुरु विश्वामित्र को अश्वमेधी घोड़ों से से ही ऐसा क्या प्यार हो गया था कि गुरु-दक्षिणा में माँगे तो घोड़े ही माँगे? बड़ी विचित्र बात है। कहीं ऐसा तो नहीं कि सचमुच वे चाहते हों कि उनके पास सैकड़ों अवश्मेधी घोड़े हो जाएँगे तो उनका गौरव बढ़ेगा, आर्यावर्त के सभी राजे-महाराजे, अश्वमेधी घोड़ों के लिए उनके प्रार्थी बनेंगे, उनका अधिकार बढ़ेगा, मान-मर्यादा बढ़ेगी? या केवल गालव को सीख देने के उद्देश्य से ही उन्होंने ऐसा किया था? उसका दम्भ तोड़ने के लिए? यदि ऐसा है तो क्या अभी तक उनका क्रोध शान्त नहीं हुआ? गालव को वे कैसा दंड देना चाहते हैं? या सचमुच, वे कोई व्यूह रच रहे हैं?

[नेपथ्य में गर्जन-तर्जन, भागते घोड़ों की टाप। तरह-तरह का शोर। अनेक व्यक्ति, स्त्रियाँ-पुरुष, बच्चे, मंच पर आ-आकर, पीछे की ओर मुँह किए खड़े हैं। लोग भाग-भागकर कोई दृश्य देखने आ रहे हैं।]

एक : यह कैसा शोर है?

दूसरा : घोड़े भागे जा रहे हैं, देखा? यही अश्वमेधी घोड़े हैं।

एक : अरे! कितने सुन्दर हैं, ये सब कहाँ से आए? कहाँ भागे जा रहे हैं?

दूसरा : वह आदमी इधर आ रहा है, वह हमें बताएगा।

[एक आदमी अन्दर आता है। लोग पीछे हट जाते हैं]

एक : ये घोड़े किसके हैं भाई? कहाँ जा रहे हैं?

आदमी : ये ब्राह्मणों के घोड़े हैं।

दूसरा : ब्राह्मणों के घोड़े? कौन से ब्राह्मणों के?

एक : ब्राह्मणों को घोड़ों से क्या काम?

आदमी : एक बहुत बड़ी दुर्घटना घटी है।

एक : क्या?

आदमी : पीछे, वितस्ता नदी में भयंकर बाढ़ आई है। अनेक गाँव-कस्बे बाढ़ की लपेट में आ गए हैं। और उसी बाढ़ में सैकड़ों अश्वमेधी घोड़े भी बह गए हैं। ब्राह्मण इन्हें हाँके लिये जा रहे थे। वितस्ता नदी को पार करने लगे तो अधिकांश घोड़े उसमें डूब गए।

दूसरा : घोड़े कहाँ से लाए जा रहे थे?

आदमी : ये वे घोड़े हैं जो बाढ़ में से बचकर निकल आए हैं।

एक : तुम्हारी बात हमारी समझ में नहीं आई।

आदमी : ये ब्राह्मणों के घोड़े हैं। राजा गाधि का नाम सुना है? बहुत पहले राजा गाधि ने एक यज्ञ रचाया था। वह यज्ञ सम्पन्न होने पर राधा गाधि ने ब्राह्मणों को एक हजार अश्वमेधी घोड़े दान-स्वरूप दिए थे।

दूसरा : फिर?

आदमी : ब्राह्मण इन अश्वमेधी घोड़ों को उत्तराखंड में राजाओं के पास बेचते रहे हैं। बहुत से घोड़े

उन्होंने बेच डाले। शेष घोड़ों को लिये जब वे वितस्ता नदी पार कर रहे थे तो नदी में जोरों की बाढ़ आ गई और बहुत से घोड़े जलप्रवाह में डूब गए। अब बचे-खुचे घोड़ों को ब्राह्मण हाँके लिये जा रहे हैं।

एक : कैसे सरपट दौड़ते हैं! सभी श्वेतवर्णी हैं।

दूसरा : श्वेतवर्णी और श्यामकर्णी—वाह!

एक : मैंने तो सोचा किसी राजा ने अश्वमेधी यज्ञ रचाया है। उसी के लिए अश्वमेधी घोड़े छोड़े गए हैं।

दूसरा : हँसकर

अश्वमेध यज्ञ के लिए एक घोड़ा छोड़ते हैं या सैकड़ों? यज्ञ में तो अश्वमेध का घोड़ा आगे-आगे होता है और राजा की सेनाएँ उसके पीछे-पीछे चलती हैं।

एक : इन्हें कहाँ ले जा रहे हैं?

दूसरा : बेचने ले जा रहे होंगे, और क्या?

आदमी : सुना है गुरु विश्वामित्र के आश्रम की ओर ले जा रहे हैं।

एक : विश्वामित्र के पास? क्या सच? वह किसलिए?

आदमी : यही सुनने में आया है कि शेष घोड़े ऋषि विश्वामित्र ने लेना स्वीकार कर लिया है।

एक : चकित-सा

गुरु विश्वामित्र अश्वमेधी घोड़ों का क्या करेंगे? हमने सुना है अपने शिष्य से गुरु-दक्षिणा भी माँगी तो उसमें अश्वमेधी घोड़े माँगे और अब ब्राह्मणों से भी घोड़े ले रहे हैं।

दूसरा : क्या ऋषि विश्वामित्र अश्वशाला खोलेंगे?

[लोग हँसते हैं।]

पर्दा

[पर्दा खुलने पर ऋषि विश्वामित्र का आश्रम। यदा-कदा आश्रमवासी छात्र आ-जा रहे हैं। होम-यज्ञ का वातावरण। दूर, पीछे कहीं पर, वेद-मन्त्र पढ़े जा रहे हैं।]

तापस और विश्वामित्र, बातें करते हुए

तापस : मैं इतने दिन तक चुप रहा, महाराज, पर अब मैं बोले दिना नहीं रह सकता। जब आप जानते थे कि समस्त आर्यावर्त में केवल छह सौ अश्वमेधी घोड़े शेष रह गए हैं, तो आपने गुरु-दक्षिणा में गालव से आठ सौ घोड़े क्यों माँगे?

विश्वामित्र : उस समय आर्यावर्त में छह सौ नहीं, इससे कहीं अधिक घोड़े पाए जाते थे।

तापस : महाराज, सैकड़ों घोड़े वितस्ता नदी पार करते हुए डूब गए हैं।

विश्वामित्र : जानता हूँ। ऐसा बाद में हुआ है।

तापस : और शेष घोड़े आपके आश्रम में पहुँच चुके हैं।

विश्वामित्र : ठीक है।

तापस : इन घोड़ों को भी आपने ले लिया तो गालव को शेष घोड़े कहाँ से मिल पाएँगे?

विश्वामित्र : ब्राह्मणों के पास इन्हें रखने का कोई ठिकाना नहीं था। उनके बहुत से घोड़े डूब चुके थे।

तापस : महाराज, स्थिति बदल जाने पर आप गालव को कहला सकते थे कि अब और घोड़े भेजने की चेष्टा नहीं करे। दो सौ घोड़े मिल जाने पर भी आप उसे ऋण-मुक्त कर सकते थे। अपने शिष्य पर इतना क्रोध किसलिए, महाराज?

विश्वामित्र : तुम गालव को नहीं जानते, वह बड़ा स्वाभिमानी युवक है। वह इसे अपना अपमान समझता।

तापस : महाराज, जब घोड़े हैं ही नहीं, तो वह कहाँ से भेजेगा।

विश्वामित्र : तुम कहना क्या चाहते हो, तापस?

तापस : इस गुरु-दक्षिणा के पीछे आपका प्रयोजन क्या था, मैं अभी तक समझ नहीं पाया। आपने पहले कभी किसी शिष्य से यह गुरु-दक्षिणा नहीं माँगी। यदि आप गालव को उसके हठ के लिए दंड देना चाहते थे, तो उसकी कोई सीमा तो होनी चाहिए। या कहीं ऐसा तो नहीं है कि आप सचमुच अश्वमेधी घोड़े इकट्ठा करना चाहते हैं?

विश्वामित्र : कहो, कहते जाओ।

तापस : इस समय भी वह नगर-नगर घोड़ों की खोज में भटक रहा है, जबकि आप जानते हैं कि उसे घोड़े नहीं मिल सकते।

विश्वामित्र : ऐसा नहीं है। भोजनगर के राजा उशीनर के पास दो सौ अश्वमेधी घोड़े हैं।

तापस : ओह, इसकी भी आपको खबर है!

विश्वामित्र : मुझे अभी-अभी ब्राह्मणों से पता चला है। उशीनर को ब्राह्मणों ने घोड़े बेचे थे।

तापस : गालव मेरा गुरुभाई है। मैं उसकी और दुर्दशा नहीं देख सकता।

विश्वामित्र : गालव महत्त्वाकांक्षी है। मैंने इसीलिए उसे कठिन परीक्षा में डाला।

तापस : इसमें आपकी भी तो कोई महत्त्वाकांक्षा नहीं छिपी थी, महाराज?...क्षमा कीजिए, मैं बहुत विचलित हूँ।

विश्वामित्र : मेरी क्या महत्त्वाकांक्षा रही होगी?

तापस : मैं क्या जानूँ, महाराज। क्या मालूम आप चाहते हों कि आपके पास देश के अधिकांश अश्वमेधी घोड़े पहुँच जाएँ, कि सभी घोड़े आपके एकाधिकार में आ जाएँ?

विश्वामित्र : **मुस्कराकर**

इसके लिए मुझे गालव को अपना साधन बनाने की

आवश्यकता नहीं थी।

तापस : फिर आप क्या चाहते थे? कि गालव इस परीक्षा में टूट जाए? आत्महत्या कर ले?

विश्वामित्र : महत्त्वाकांक्षी लोगों में यदि दम्भ पाया जाए तो वह उनके विनाश का कारण बनता है।

तापस : आपने उसका दम्भ तोड़ने के लिए उसे ऐसी कठोर परीक्षा में डाला, यह तो मैं समझ सकता हूँ। पर जब शेष घोड़े मिल ही नहीं सकते तो वह क्या कर सकता है? आत्महत्या करे अथवा हाथ बाँधकर आपके सामने क्षमा-याचना करे, उसके लिए और कोई विकल्प नहीं है। क्या आप अपने शिष्य की हेठी करना चाहते हैं? आप जानते हैं कि वह पहले भी एक बार आत्महत्या करने जा रहा था।

विश्वामित्र : सम्भव है उत्तराखंड में और किसी राजा के पास भी घोड़े हों।

तापस : यदि हों तो भी आपको उसे ऋण-मुक्त कर देना चाहिए।

विश्वामित्र : तुम गालव को नहीं जानते। गालव इसे अपना अपमान समझेगा।

तापस : वह कुछ भी समझे। आपको तो उस पर दया करनी चाहिए। आप यह भी जानते हैं कि जिस माध्यम से वह घोड़े जुटा रहा है, वह एक युवती है।

विश्वामित्र : जानता हूँ। ययाति की कन्या।

तापस : वह कहाँ तक गालव का साथ दे पाएगी? वह अपने दो बच्चे खो चुकी है।

कटुता से

महाराज, आप अपने प्रयोजन में सफल हुए हैं। अब एक ही सूचना आपके पास आ सकती है, कि गालव समाप्त हो गया है।

विश्वामित्र : अपने को संयत करो, तापस!

तापस : इसके अतिरिक्त कोई दूसरी सूचना नहीं हो सकती। मुझे क्षमा करें, महाराज, मेरा मन अत्यन्त दुखी है। गालव मेरा मित्र है। मैं उसे आत्महत्या करता हुआ नहीं देख सकता। मैं उससे मिलूँगा, जैसे भी होगा, मिलूँगा। आप न भी कहें, तो भी मैं उससे कहूँगा कि वह अपने को ऋण-मुक्त समझे।

[प्रस्थान]

विश्वामित्र चिन्तामग्न टहलते हैं।

पर्दा

अंक-3

दृश्य-1

कथावाचक : तो देवियो और सज्जनो, ययाति-पुत्री माधवी पूरे एक वर्ष तक काशी-नरेश के रनिवास में रही। समय पाकर उसने प्रतर्दन नाम के वीर पुत्र को जन्म दिया। पुत्र को पाकर काशी-नरेश कृत-कृत्य हुए और वचनानुसार दो सौ घोड़े देकर माधवी को मुक्त कर दिया। अपने दूसरे नवजात शिशु को महलों के अन्दर ही छोड़कर माधवी बाहर निकल आई। अब की बार उसने अपने बच्चे का मुँह तक नहीं देखा। माधवी ने अनुष्ठान किया और गालव के साथ हो ली।

इस प्रकार फिर से गालव और माधवी जंगलों-घाटियों को लाँघते हुए भोजनगर के वृद्ध राजा उशीनर के द्वार पर जा पहुँचे।

वृद्ध राजा उशीनर ने उसी रात एक सपना देखा था कि उनके प्रासाद की छत पर चाँद उतर आया है और उसके रजत प्रकाश में सारा महल झिलमिलाने लगा है। इसलिए जब दूसरे दिन माधवी को अपने सामने खड़े पाया तो उन्हें लगा जैसे उनका सपना साकार हो उठा है।

[प्रकाश-वृत्त में माधवी खड़ी है। वृद्ध राजा उशीनर उसके गले में जयमाला डालता है। फिर तीन दासियाँ एक के पीछे एक प्रगट

होती हैं। एक माधवी के कन्धों पर दुकूल वस्त्र डालती है, दूसरी उसके गले में मंगलसूत्र पहनाती है, तीसरी उसके सिर पर छोटा सा मुकुट रखती है और रानी माधवी अन्तःपुर की ओर जाती है।]

वृद्ध राजा उशीनर, माधवी को रिझाने के लिए उसे अपने साथ लिये, देश-देशान्तरों का भ्रमण करने निकले, पर्वत-शृंखलाओं, वनस्थलियों, नदी-तटों, वनों-उपवनों में विचरते हुए वे सुख भोगते रहे, और समय पाकर राजा को माधवी से पुत्र-लाभ हुआ। युवराज का नाम शिवि रखा गया।

तभी एक रात माधवी ने स्वप्न देखा कि अँधेरे वन के ऊपर एक भीमकाय पक्षी उड़ा जा रहा है, उसने अपनी चोंच में एक नवजात शिशु को दबा रखा है, और नीचे हाहाकार करते लोग भागते जा रहे हैं। माधवी भी उन्हीं के बीच भागती जा रही है। भयाकुल होकर, माधवी की नींद टूट गई। उसे लगा जैसे पक्षी उसी का बच्चा उठाए लिये जा रहा था। माधवी हड़बड़ाकर उठ बैठी। उसने मुड़कर देखा तो उसका बालक सेज पर नहीं था। सोते-सोते में ही राज्याधिकारी उसे उठा ले गए थे।

[प्रकाश-वृत्त में बाईं ओर से माधवी प्रवेश करती है। पहले सिर से मुकुट, फिर मंगलसूत्र और तदनन्तर उत्तरीय उतारकर एक धाय को सौंप देती है। और फिर अकेली ही, दाएँ-बाएँ देखकर आगे बढ़ जाती है। दूर से उसके नवजात बालक का हल्का-हल्का रुदन सुनाई देता है।]

दोनों फिर शेष घोड़ों की खोज में निकल पड़े। नगर-नगर, डगर-डगर। फिर एक दिन एक अनहोनी घटना घटी। माधवी सहसा कहीं भाग गई। एक वनस्थली में गालव जब प्रातः उठा, तो माधवी वहाँ नहीं थी।

माधवी कहाँ गई? किंकर्तव्यविमूढ़ गालव, माधवी की खोज में इधर-उधर भटकने लगा।

अब माधवी गई तो कहाँ गई? क्या मालूम उसने सोचा हो कि इस यातना का तो कोई अन्त नहीं है। मैं और सहन नहीं कर सकती। आखिर थी तो वह नारी ही। नारी भगवान की ऐसी सृष्टि है कि जो अपनी कोमलता के कारण, सदा किसी-न-किसी का सहारा लिये रहती है। जैसे लता को वृक्ष का सहारा चाहिए, वैसे ही स्त्री को पुरुष का सहारा चाहिए। क्या मालूम वह अयोध्या के राजा हर्यश्च के पास चली गई हो! या तीन राजाओं में से किसी भी राजा के पास। सभी उसे चाहते थे, सभी उसे अपनी पटरानी बनाना चाहते थे। उसने सोचा होगा, कम-से-कम एक बच्चे के साथ तो रह पाऊँगी। कौन जाने क्या हुआ है? कौन जाने अपनी जान पर ही खेल गई हो। क्या मालूम पिता के घर लौट गई हो। कहा गया है कि स्त्री रहस्यों की गुथली होती है। उसे देवता नहीं समझ पाए तो मनुष्य क्या समझेगा। जो मनुष्य स्त्री को समझ पाया है, समझिए कि वह संसार की सभी विद्याओं में पारंगत हो गया।

पुरुष को भगवान ने धीर-गम्भीर बनाया है, पर स्त्री के स्वभाव में चंचलता होती है। इसीलिए कहा गया है कि नारी की चंचलता पर पुरुष का अंकुश सदा बने रहना चाहिए। इसमें अनन्तः स्त्री

का ही लाभ है।

पर माधवी तो स्वभाव से ऊँचे आदर्शोंवाली युवती थी। आखिर बेटी किसकी थी! दानवीर महाराज ययाति की ना, या किसी और की। पर मति बदलते देर नहीं लगती। एक ओर इतनी दृढ़ता, इतनी निष्ठा, और दूसरी ओर इतनी मायावी और अबूझ कि बिना कुछ बताए निकल गई है और गालव उसकी खोज में मारा-मारा फिर रहा है।

[पर्दा उठने पर गालव अकेला, वन में खड़ा है।]

गालव : पत्तों की नाव के सहारे मैंने सागर पार करने की चेष्टा की। अभी भी विश्वास नहीं होता कि वह मुझे यों मँझधार में छोड़कर चली जाएगी। क्या सचमुच मुझे छोड़कर किसी राजा के पास चली गई है? उसके दिल में क्या था, मैं कुछ भी नहीं जान पाया। कहाँ तो प्रेम की शपथ और आश्वासन और कहाँ...क्या माधवी पर विश्वास करना ही भूल थी?

[तापस का प्रवेश। उसे देखकर गालव को विश्वास नहीं हो पाता कि वह तापस ही है।]

तापस! तुम?

तापस : मैं तुम्हें खोजता हुआ आ रहा हूँ।

गालव : तुम यहाँ कैसे तापस? क्या तुमने माधवी को कहीं देखा है?

तापस : क्या वह तुम्हारे साथ नहीं है? मैंने ययाति-पुत्री को कभी भी नहीं देखा। मैंने तो केवल इतना सुना था कि वह तुम्हारी प्रतिज्ञा पूरी करने का साधन बनी

हुई है।

गालव : तापस, मैं कहीं का नहीं रहा। मैं छह सौ घोड़े गुरुदेव को जुटा चुका हूँ। फिर भी...

तापस : जानता हूँ।

गालव : शेष केवल दो सौ घोड़ों की बात रह गई थी। पर माधवी सहसा मुझे छोड़कर कहीं चली गई।

तापस : कहाँ चली गई? तुम शेष घोड़े नहीं जुटा सकते, गालव। बाढ़ में बहुत से घोड़े बह चुके हैं, और आर्यावर्त में अब किसी राजा के पास और घोड़े नहीं हैं। मैं तुम्हें यही बताने आया हूँ।

गालव : क्या सच? शायद इसी का आभास पाकर वह मुझे छोड़ गई है। पर बिना मुझे कुछ भी बताए...तापस, उसे धैर्य रखना चाहिए था। यदि मैं छह सौ घोड़ों का प्रबन्ध कर सकता हूँ तो मैं आठ सौ का भी कर सकता हूँ। मैं उन्हें जैसे-तैसे जुटा देता।

तापस : तुम कभी नहीं जुटा पाते, गालव। शेष घोड़े अब तुम्हें नहीं मिल सकते। अब तुम लौट चलो, गालव, निष्प्रयोजन भटकने से कोई लाभ नहीं।

गालव : यही माधवी भी कहती थी। पर मैं नहीं माना। मैंने कहा अगर मुझे दास-वृत्ति भी करनी पड़ेगी तो भी शेष दो सौ घोड़े मैं जुटाऊँगा। वह देर तक अनुनय-विनय करती रही। पर मैं नहीं माना। मुझे डर था कि मैं यदि लौटकर गाया तो गुरुदेव मुझे श्राप दे देंगे। इस पर वह मुझे छोड़कर चली गई। हम थके-माँदे एक कुटिया में विश्राम कर रहे थे, मैं प्रातः उठा तो देखा, माधवी नहीं है। मैंने बहुत ढूँढ़ा, पर नहीं मिली। तो तापस, वह मुझे मँझधार में छोड़कर चली गई है।

तापस : मँझधार में क्यों, गालव। अब तुम अपने को ऋण-मुक्त समझो, माधवी का भी पता चल जाएगा।

गालव : मैं तो जैसे अधर में लटक गया हूँ, तापस। न गुरुदेव को मुँह दिखाने का रहा, न प्रतिज्ञा पूरी कर पाने का। मैं उस दिन का सपना देख रहा था जब मैं ऋण-मुक्त हो पाऊँगा और एक सच्चे साधक का पद ग्रहण करूँगा। यह कठिन प्रतिज्ञा पूरी करके गुरुओं के वरदान का भागी बनूँगा। पर तापस, सब धूल में मिल गया, अपनी सुख-सुविधा के लिए माधवी ने मुझे त्याग दिया।

तापस : इस प्रकार का जीवन उसके लिए बहुत कठिन था, गालव।

गालव : इसीलिए वह किसी राजमहल में रहने का लोभ संवरण नहीं कर सकी। वह कहा करती थी कि गालव, तुम्हारे प्रेम से मुझे बल मिलता है, त्राण मिलता है। सहने की शक्ति मिलती है। पर मुझे असहाय देखकर भी वह मुझे छोड़कर चली गई।

तापस : यही रहा होगा गालव, कि जब उसे पता चला होगा कि शेष घोड़े नहीं मिल सकते, तो व्यर्थता का भास हुआ होगा, उसे सब निष्प्रयोजन लगा होगा। ऐसी स्थिति में व्यक्ति कुछ भी कर सकता है। उसका मन उचट गया था।

गालव : पर उसके प्रेम के आग्रह, तापस? कई बार वह मुझसे कह चुकी थी कि वह इस यातना को इसलिए सहन कर रही है कि एक दिन वह मुझे प्राप्त कर सके। और मैंने भी निश्चय किया था कि प्रतिज्ञा पूरी हो जाने पर मैं उसी के साथ जीवन व्यतीत करूँगा।

तापस : तुम सदा बड़े महत्त्वाकांक्षी रहे हो, गालव। और महत्त्वाकांक्षी लोग परिस्थितियों को अपने अनुकूल ढालना चाहते हैं, स्वयं उनके अनुकूल नहीं ढलते। तुम मेरे साथ गुरु महाराज के पास चलो। मैं तुम्हें

लिवाने आया हूँ। वह निश्चय ही तुम्हें ऋण-मुक्त कर देंगे।

गालव : नहीं, तापस। मैं माधवी का पता लगाऊँगा। वह अपने अभिप्राय मुझसे छिपाती रही, तुम लौट जाओ। गुरु महाराज को मेरा प्रणाम कहना। मैं माधवी के बिना नहीं रह सकता।

तापस : **तनिक ठिठककर, जाते हुए**

तुम अपने को ऋण-मुक्त समझो, गालव। मैं एक मित्र के नाते तुम्हें यही कहने आया हूँ।...

[प्रस्थान]

पर्दा

दृश्य-2

कथावाचक : कैसी विडम्बना है कि मनुष्य अपने लक्ष्य की ओर बढ़ता हुआ भी उस तक नहीं पहुँच पाता। मनुष्य सोचता कुछ है, होता कुछ है। अब किसे मालूम था कि वितस्ता में बाढ़ आ जाएगी, किसे मालूम था कि माधवी इस तरह अन्तर्धान हो जाएगी। गालव ने सारा उत्तराखंड छान मारा पर माधवी का कोई पता नहीं चला। किसे मालूम था कि गालव को परीक्षा में डालते-डालते स्वयं गुरु विश्वामित्र परीक्षा में पड़ जाएँगे। कौन जानता था कि तट तक पहुँचते-पहुँचते नदी का जल छिछला होने के बजाय और गहरा हो जाएगा?...सभी अपनी-अपनी जगह पर किंकर्तव्यविमूढ़ हैं।

[विश्वामित्र का आश्रम। हवन-यज्ञ का वातावरण]

विश्वामित्र : परिचारक से

सभी घोड़ों के लिए बाड़े बना दिए गए?

परिचारक : बना तो दिए, महाराज, पर वनस्थली में इतनी अधिक संख्या में घोड़े पहुँच गए हैं कि उन्हें सँभाल पाना कठिन हो रहा है।

विश्वामित्र : जो घोड़े गालव ने भेजे हैं, उन्हें कहाँ रखा है?

परिचारक : मुनिकुमार गालव से कुल छह सौ घोड़े प्राप्त हुए हैं, उनके लिए अलग से बाड़े पहले ही बनवा दिए

थे, वे पूर्व की ओर, पहाड़ी की तलहटी पर बनाए थे। अन्य घोड़ों के लिए पश्चिम की ओर बाड़े खड़े किए गए हैं। समूची वनस्थली अश्वशाला बन गई है, महाराज!

विश्वामित्र : तापस गालव से मिलने गया था। क्या वह गालव से मिल पाया?

परिचारक : मैं नहीं जानता, महाराज। तापस अभी तक लौटा नहीं है

[दूसरे परिचारक का प्रवेश]

परिचारक-2 : महाराज, कोई आगन्तुक आपसे मिलना चाहता है।

विश्वामित्र : कौन है?

परिचारक-2 : कोई तापसी जान पड़ती है, महाराज। मैंने उसे पहले कभी नहीं देखा।

विश्वामित्र : उसे अन्दर ले आओ।

[परिचारक का प्रस्थान]

[माधवी को साथ लेकर लौटता है।]

कौन? तुम्हारा परिचय?

माधवी : **धूल-धूसरित**

मैं माधवी हूँ, महाराज ययाति की पुत्री।

विश्वामित्र : **चौंक जाते हैं।**

तुम माधवी हो? क्या उशीनर के राजप्रासाद से सीधी चली आ रही हो?

माधवी : **तनिक मुस्कराकर**

आपको सब मालूम है।

विश्वामित्र : गालव कहाँ है?

माधवी : मैं निश्चित रूप से नहीं जानती कि इस समय गालव कहाँ है?

विश्वामित्र : तुम्हारे यहाँ आने का प्रयोजन?

माधवी : महाराज, गालव की गुरु-दक्षिणा जुटा पाने के लिए मैं तीन राजाओं के अन्तःपुर में रह चुकी हूँ।

विश्वामित्र : जानता हूँ।

माधवी : तीनों राजाओं को मुझसे पुत्र-लाभ हुआ है। पर हम उनसे केवल छह सौ घोड़े ही प्राप्त कर पाए हैं, शेष घोड़े कहीं भी उपलब्ध नहीं हैं।

विश्वामित्र : ये शब्द मैं गालव के मुँह से सुनना चाहता था। उसने तुम्हें यह सूचना देने के लिए क्यों भेजा है?

माधवी : महाराज, वह शेष घोड़ों के लिए बहुत भटक चुका है। वह अभी भी भटक रहा है। वह यह भी नहीं जानता कि मैं आपके पास चली आई हूँ।

विश्वामित्र : इससे कोई अन्तर नहीं पड़ता। वह भी यही कुछ कहना चाहता होगा, जो तुम कहने आई हो।

माधवी : नहीं, महाराज, मैं क्षमा-याचना करने नहीं आई। वह भी क्षमा-याचना करने कभी नहीं आता।

विश्वामित्र : तुम यही कहने आई हो ना, कि गालव आठ सौ घोड़ों के स्थान पर छह सौ घोड़े जुटा पाया है, कि इस अधूरी गुरु-दक्षिणा को मैं स्वीकार कर लूँ?

माधवी : समस्त आर्यावर्त में शेष घोड़े नहीं हैं, महाराज।

विश्वामित्र : फिर?

माधवी : हमें पता चला है कि शेष चार सौ घोड़े वितस्ता नदी पार करते हुए बाढ़ में डूब गए। बचे-खुचे आपके आश्रम में आ गए। यही कुल घोड़े देश में थे।...महाराज, मैं आपके पास एक प्रस्ताव लेकर आई हूँ।

विश्वामित्र : कहो, क्या प्रस्ताव है?

माधवी : ये छह सौ घोड़े ग्रहण करें, महाराज, और शेष दो सौ घोड़ों के लिए...

विश्वामित्र : हाँ, कहो, रुक क्यों गईं?

माधवी : शेष दो सौ घोड़ों के लिए आप मुझे अपने पास

रख लें।

विश्वामित्र : **स्तम्भित-से, माधवी की ओर देखते रह जाते हैं।**

माधवी : महाराज, मैं उसी भाँति आपकी आज्ञा का पालन करूँगी, जिस भाँति तीन राजाओं के रनिवास में करती रही हूँ। मैं विशिष्ट लक्षणोंवाली हूँ, महाराज, आपको भी मुझसे पुत्र-लाभ होगा।

[विश्वामित्र अभी भी उसे देखे जा रहे हैं।]

मुझे ग्रहण कर आपको पश्चात्ताप नहीं होगा, महाराज। सभी राजा मेरे साथ प्रसन्न थे। सभी मुझे अपने रनिवास में रखना चाहते थे। पुत्र-लाभ होने पर आप गालव को गुरु-दक्षिणा के दायित्व से मुक्त कर दें।

विश्वामित्र : तुम क्या कहे जा रही हो, माधवी?

माधवी : मैं ययाति की बेटी हूँ, महाराज। आश्रम में रह चुकी हूँ। आश्रम के सभी विधि-नियम जानती हूँ। यज्ञ-होम में आपकी सेवा करूँगी, आश्रम-वासियों की सेवा करूँगी। आप कहेंगे तो आश्रम की परिचारिका बनकर रहूँगी, जिस रूप में रखेंगे, रहूँगी।

विश्वामित्र : **पास आकर**

तुम ऐसा क्यों कह रही हो?

माधवी : गालव ने गुरु-दक्षिणा देने की प्रतिज्ञा की है, उसकी प्रतिज्ञा मेरी प्रतिज्ञा है, महाराज।

विश्वामित्र : तुम गालव से प्रेम करती हो?

माधवी : हाँ, महाराज।

विश्वामित्र : गालव से प्रेम करते हुए तुम मेरे साथ रहना चाहती हो?

माधवी : हाँ, महाराज। गालव से प्रेम करते हुए ही मैं तीन राजाओं के पास रह चुकी हूँ।

विश्वामित्र : तुम यह प्रस्ताव क्यों लेकर आई हो, माधवी?

माधवी : **तनिक रुककर**

गालव बहुत दुखी है, महाराज। गुरु-दक्षिणा नहीं जुटा पाया तो वह आत्महत्या कर लेगा।

विश्वामित्र : गालव की गुरु-दक्षिणा पूरी हो जाने पर तुम क्या करोगी, माधवी?

माधवी : जैसी गालव की इच्छा होगी, महाराज।

विश्वामित्र : क्या वह भी तुमसे प्रेम करता है?

माधवी : मैं नहीं जानती, महाराज। उसे सारा वक्त गुरु-दक्षिणा की चिन्ता रहती है।

विश्वामित्र : वह बड़ा दम्भी युवक है। हठी और मनमानी करनेवाला। क्या तुम अभी तक उसे पहचान नहीं पाई हो?

माधवी : जानती हूँ, महाराज।

विश्वामित्र : फिर जानते-समझते हुए भी तुम उसकी सहायता करना चाहती हो?

माधवी : वह गालव है, महाराज।

विश्वामित्र : **देर तक माधवी को देखने के बाद आगे बढ़ आते हैं और उसे दोनों कन्धों से पकड़कर**

माधवी!

माधवी : तो क्या गालव गुरु-दक्षिणा से मुक्त होगा?

विश्वामित्र : मैंने गुरु-दक्षिणा पा ली, माधवी। मैं गालव का दम्भ तोड़ना चाहता था, तुमने मेरा दम्भ तोड़ दिया।...आश्रम में प्रवेश करो, माधवी।

[माधवी को लेकर विश्वामित्र आश्रम में चले जाते हैं।]

पर्दा

दृश्य-3

कथावाचक : प्रतिज्ञा पूर्ण हुई, देवियो और भद्रपुरुषो, मुनिकुमार गालव अपनी कठिन परीक्षा में उत्तीर्ण हुए, चारों दिशाओं में उनके नाम की धूम मच गई। आकाश से पुष्पवर्षा हुई। ऋषि विश्वामित्र को अपने शिष्य पर सच्चा गर्व होने लगा। जो कोई उनसे मिलता, उसी से उनकी प्रशंसा करते। उधर दानवीर ययाति ने अपनी बेटी का स्वयंवर रचा दिया। चुन ले जिसे माधवी अपना वर चुनना चाहती है। ययाति सभी से यही कहते, विश्वामित्र ने गालव की नहीं, मेरी परीक्षा ली है, और मैं पूर्णतः उत्तीर्ण हुआ हूँ। यह स्वयंवर भी महायज्ञ के समान है। वे सभी से कहते : हमने राजपाट त्याग दिया तो क्या, इस अवसर पर जैसा राजसी ठाठ हमारे आश्रम में है, वैसा किसी राजधानी में नहीं होगा।

आज ययाति के आश्रम में सचमुच बड़ी धूम है, माधवी का स्वयंवर होने जा रहा है। गालव का दीक्षान्त समारोह भी यहीं पर होगा। एक पन्थ, दो काज। इसके बाद माधवी अपना वर चुनेगी। ययाति के मन की चाह पूरी होगी...

[ययाति का आश्रम। फूलों-वन्दनवारों से सजा। हल्का-हल्का संगीत। किसी शुभपर्व का-सा समाँ। आश्रमवासी आ-जा रहे हैं। सभी बड़े व्यस्त हैं।]

आश्रमवासी-1 : आज ऐसा लग रहा है, जैसे महाराज ययाति फिर से राजपाट सँभालने लगे हों। जंगल में बसा, महाराजा ययाति का यह आश्रम बड़े-बड़े राजाओं की ईर्ष्या का केन्द्र बना हुआ है।

आश्रमवासी-2 : महाराज आज बड़े प्रसन्न हैं।

आश्रमवासी-1 : उनकी जय-जयकार भी तो पूरे आर्यावर्त में गूँज रही है।

आश्रमवासी-2 : दो-दो समारोह एक साथ। पहले मुनिकुमार गालव की दीक्षा। ऋषि विश्वामित्र स्वयं पधार रहे हैं, वही मुनिकुमार को दीक्षा देंगे। इसके बाद माधवी का स्वयंवर होगा।

आश्रमवासी-1 : दसियों राजा-महाराजा स्वयंवर में भाग लेने आए हैं। राजाओं का ठाठ देखा?

आश्रमवासी-2 : मुख्य समारोह तो स्वयंवर ही होगा।

आश्रमवासी-1 : वे राजा भी आए हैं जिनके रनिवास में माधवी रह चुकी है।

हँसकर

और तो और, वे अपने बच्चों को भी साथ लेते आए हैं जो माधवी के गर्भ से उत्पन्न हुए थे।

आश्रमवासी-2 : वह किसलिए? इसमें क्या तुक है! स्वयंवर में बच्चों का क्या काम?

आश्रमवासी-1 : माधवी को प्रलोभन देने के लिए। प्रार्थियों की पाँत में बैठा राजा अपने सामने माधवी के पुत्र को खड़ा कर देगा, यह सोचकर कि अपने पुत्र को देखकर माधवी उसकी ओर खिंची चली आएगी।

आश्रमवासी-2 : माधवी किस-किसकी ओर खिंची चली आएगी? तीनों नरेश अपना-अपना युवराज ले आए हैं, क्या कोई भी माँ निर्णय कर सकती है कि वह किस बच्चे के पास जाए? इससे तो माधवी बड़ी व्याकुल होगी।

आश्रमवासी-1 : इसीलिए माधवी आश्रम में से चली गई है। जब से इसका आयोजन होने लगा है, वह प्रातः ही वन में चली जाती है।

आश्रमवासी-2 : मैं सोचता हूँ, माधवी अयोध्या-नरेश हर्यश्च को अपना वर चुनेगी।

आश्रमवासी-1 : क्यों, भला?

आश्रमवासी-2 : वह सचमुच माधवी पर मुग्ध है। माधवी का पहला पुत्र भी उन्हीं से हुआ था। बड़े पुत्र के प्रति अधिक मोह होता है।

आश्रमवासी-1 : तुम कुछ नहीं जानते। माधवी ने वर्षों पहले ही गालव को चुन लिया था, वह आज भी गालव को ही वरेगी।

आश्रमवासी-2 : यदि गालव से ही ब्याह करना था तो यह स्वयंवर किसलिए रचाया गया है?

आश्रमवासी-1 : महाराज को तो तुम जानते हो। वे अभी भी सब काम राजसी ठाठ से करना चाहते हैं, वे नहीं चाहते कि कोई यह कहे कि ययाति ने बेटी को चुपचाप एक दरिद्र ब्राह्मण के हाथ में सौंप दिया है।

[सहसा, शंखनाद सुनाई देता है।]

यह शंखनाद कैसा? कोई और राजा पधारे हैं?

बाहर की ओर देखकर

नहीं, नहीं, ये तो ऋषि विश्वामित्र हैं। बड़े बाजे-गाजे के साथ आ रहे हैं।

आश्रमवासी-2 : क्या ये भी स्वयंवर में भाग लेने आए हैं?

हँसता है

आश्रमवासी-1 : ऋषियों के मन की थाह कौन-पा सकता है? ऋचीक ऋषि, महाराज गाधि को आशीर्वाद देने गए थे। वहाँ महाराज की बेटी सत्यवती पर उनकी

नजर पड़ गई। वहीं पर उससे ब्याह करने की ठान ली।

[दाईं ओर से ययाति मंच पर आते हैं, और बाईं ओर से विश्वामित्र। ययाति आगे बढ़कर उनकी अगुवाई करते हैं।]

ययाति : आपको मार्ग में कष्ट तो नहीं हुआ, गुरुवर?

विश्वामित्र : आश्रमवासियों को वनों में कहाँ कष्ट होता है, उन्हें तो नगरों में कष्ट होता है।

ययाति : आपका शिष्य परीक्षा में उत्तीर्ण हुआ, महाराज, बधाई हो।

विश्वामित्र : उत्तीर्ण हुआ, आपके उदात्त सहयोग से, आपके सौजन्य से। बधाई के पात्र तो आप हैं। आर्यावर्त में ययाति नहीं होता तो ऐसी प्रतिज्ञा कभी पूरी नहीं हो पाती।

ययाति : आसन ग्रहण कीजिए।

[दोनों बैठ जाते हैं।]

गालव धुन का पक्का है। पिछले जन्म में इसने कड़ी तपस्या की होगी।

विश्वामित्र : धुन के पक्के और गहरी निष्ठावाले व्यक्तियों के बिना आर्यावर्त का कल्याण नहीं, महाराज। कंचन आग में ही तपकर सोना बनता है।

ययाति : आपने उसे घोर परीक्षा में डाला, महाराज, पर वह उत्तीर्ण हुआ।

विश्वामित्र : पहले दिन से ही मुझे विश्वास था कि यह युवक एक साधारण विद्यार्थी न होकर सच्चा साधक बनेगा।

ययाति : हँसकर

आपने गालव की परीक्षा तो ली, साथ में मेरी

परीक्षा भी ले ली।

विश्वामित्र : आप ही ने उसका रास्ता सहज बनाया, महाराज।

ययाति : मैं मना कैसे कर सकता था? ययाति यदि दानी नहीं है तो कुछ भी नहीं है।

विश्वामित्र : आप सच्चे दानवीर हैं। युग-युगों तक एक प्रकाश-स्तम्भ की भाँति आपका नाम चमकेगा।

ययाति : यह आपकी महिमा है। यह सब कौतुक भी आप ही का रचा हुआ था। इसके अन्तिम चरण में आप ही की उदारता से यह सम्पन्न भी हो पाया।

विश्वामित्र : देश के कोने-कोने में भटकने पर भी गालव की एकाग्र निष्ठा में कोई अन्तर नहीं आया। किसी प्रलोभन के मोहपाश में वह नहीं फँसा।

ययाति : गालव को तो देखकर ही मेरा हृदय गद्‌गद हो गया था। मुझे लगा जैसे वर अपने-आप आश्रम में चला आया है। पर जब उसने आठ सौ अश्वमेधी घोड़े माँगे तो मेरा दिल बैठ गया।

हँसते हैं।

विश्वामित्र : **हँसकर**

और आपने निःसंकोच अपनी कन्या सौंप दी। मर्यादा-पालन ही सबसे बड़ा आचरण है।

ययाति : गुरुजनों की कृपा है, महाराज, हमारे संस्कारों से ही हमें इन गुणों की दीक्षा मिलती है। हम स्वयं तो निमित्त मात्र हैं।

विश्वामित्र : आपके यश की सुरभि तो देश-देशान्तरों में फैली है।

[नेपथ्य में शंखनाद। तदनन्तर, गालव का प्रवेश। अब वह पहले जैसा अस्त-व्यस्त युवक नहीं है, बड़ा बन-सँवरकर आया है। पहलेवाली थकान, भटकन उसके चेहरे पर

नहीं है, बल्कि बड़ा निखरा-निखरा लग रहा है। कन्धे पर उत्तरीय है।]

लो, नाम लेने की देर थी कि प्रगट हो गए।
आगे बढ़कर
आओ, मुनिकुमार, आओ। आज आकाश से पुष्प-वर्षा होगी।

[गालव दोनों को झुककर प्रणाम करता है, और उनके सामने हाथ बाँधे खड़ा रहता है।]

तुम बहुत बड़ी परीक्षा में उत्तीर्ण हुए गालव, यह सब तुम्हारी तपस्या का फल है।

गालव : आपका अनुग्रह है, राजन्। आपका वरदहस्त मेरे सिर पर नहीं होता तो मैं अपना वचन कैसे पूरा कर सकता था?

ययाति : **इस प्रशंसा से खुश होकर**
हम दोनों साधक हैं। साधक को साधक मिला।

विश्वामित्र : यह आप दोनों की निष्ठा, दृढ़ आग्रह और कर्तव्यपरायणता का फल है। कर्तव्यपरायणता की नींव पर आर्य-संस्कृति का भव्य प्रासाद खड़ा है।

ययाति : आसन ग्रहण करो, मुनिकुमार।

विश्वामित्र : **गालव को बैठने का इशारा करते हुए**
तुम अब हमारे शिष्य नहीं हो। तुम अब बारह विद्याओं में पारंगत सच्चे साधक हो। एक दिन तुम ऋषि गालव कहलाओगे।

[गालव फिर भी खड़ा रहता है।]

गालव : आप मेरे जन्म-जन्म के गुरु हैं, महाराज।
और ययाति से
और आप मेरे जन्म-जन्म के अभिभावक हैं।

ययाति : तलवार की धार पर तुम्हारा प्रतिज्ञा-पालन हो रहा था। यदि कहीं पर भी चूक हो जाती तो तुम्हारी साधना विफल हो जाती। माधवी बचपन से ही बड़े अल्हड़ स्वभाव की रही है, पर उसने तुम्हारी गुरु-दक्षिणा तो जुटा दी।

गालव : हाँ, महाराज, इसके लिए मैं बहुत आभारी हूँ।

ययाति : मृगशावक को कटघरे में बाँधकर रखना बड़ा कठिन होता है।

[नेपथ्य में स्तोत्रादि का पाठ ऊँचा होने लगता है।]

संचालक : **प्रवेश करते हुए**

दीक्षा का समय हो रहा है, महाराज, समय कम है। शीघ्र ही स्वयंवर का आयोजन होगा।

ययाति : **उठते हुए**

गालव के कन्धों को थपथपाते हुए

तुम तो धीर-गम्भीर हो। कर्तव्यपरायण व्यक्ति धीर-गम्भीर होते हैं।

विश्वामित्र से

महाराज, मैंने इसीलिए स्वयंवर का आयोजन किया है कि माधवी स्वयं अपना वर चुन ले।

गालव की ओर संकेत करते हुए

यों तो मुझे लगता है कि वह इसी के गले में पुष्पमाला डालेगी।

गालव सिर झुका लेता है

जिस दिन पहली बार तुम आश्रम में आए थे उसी दिन मैं जान गया था कि तुम्हीं इसके जीवन-साथी बनोगे।

मुस्कराकर

पर उस समय माधवी नहीं जानती थी कि मैं

उसका कन्यादान किसी दूसरे प्रयोजन के लिए कर रहा हूँ।

गालव की पीठ थपथपाते हुए

आज मैं वास्तव में कन्यादान करूँगा।

संचालक : ययाति से

और अतिथि पधारे हैं, राजन्। भोजनगर के राजा उशीनर पधारे हैं।

ययाति : उनके आवास का प्रबन्ध करो।

विश्वामित्र से

इस आश्रम में तो आपको कन्दमूल ही भेंट कर सकूँगा। मंडप में चलिए, महाराज। दीक्षा का समय हो रहा है।

गालव से

तुमने देखा, गालव, देश-देशान्तरों से राजागण पधारे हैं। आर्यावर्त के राजाओं ने मुझे अभी भुलाया नहीं है।

विश्वामित्र : गालव से

तुम्हारे सामने अब सभी द्वार खुले हैं, गालव।

[गालव गुरुजनों के साथ द्वार तक जाता है। विश्वामित्र और ययाति का प्रस्थान]

गालव : संचालक से

माधवी कहाँ है?

बड़ी अधीरता से

मैं बड़ी देर से उसे ढूँढ़ रहा हूँ। मुझे उससे मिलना है।

संचालक : मुस्कराता है

यह स्वयंवर के नियमों का उल्लंघन होगा, मुनिकुमार। वह सम्भवतः वन में है।

गालव : मैं उससे वन में ही मिल लूँगा।

संचालक : यह स्वयंवर के नियमों का उल्लंघन होगा।

गालव : इसमें उल्लंघन कैसा?

[तापस का प्रवेश]

तापस, तुमने माधवी को देखा है?

तापस : हँसकर

हर बार जब हम मिलते हैं, तुम यही सवाल पूछते हो। मैंने उसे नहीं देखा।

गालव : मैं उससे मिलना चाहता हूँ और यह सज्जन कह रहे हैं कि यह स्वयंवर के नियमों का उल्लंघन होगा। तुम उसे बुला लाओ, तापस। उसे पता तो चले कि मैं पहुँच गया हूँ। एक वर्ष से अधिक समय बीत चुका है, मैंने उसे देखा तक नहीं। जाओ, तापस।

तापस : धैर्य रखो, गालव।

मुस्कराकर

अब वह भागकर कहीं नहीं जाएगी।

गालव : सारा समय मैं पानी में से निकाल फेंकी हुई मछली जैसा महसूस करता रहा हूँ। मैं उसके बिना कितना व्याकुल रहा हूँ, तुम इसकी कल्पना नहीं कर सकते। जब वह राजाओं के महल में थी, तब मैं इतना अकेला महसूस नहीं करता था।

तापस : मुस्कराकर

स्वयंवर में अभी थोड़ा ही समय रह गया है। फिर भी मैं उसका पता लगाता हूँ।

गालव : मुझे शीघ्र ही मंडप में पहुँचना है। तुम माधवी को सूचित कर दो कि मैं आ गया हूँ। बस, इतना ही। इसमें तो स्वयंवर के नियमों का उल्लंघन नहीं होगा ना!

तापस : जाता हूँ।

तापस का प्रस्थान

[गालव अधीरता से ऊपर-नीचे टहलता है।]

गालव : मुझे यहाँ पहले आ जाना चाहिए था। दो दिन पहले ही पहुँच जाता। माधवी का मन बदल भी तो सकता है। वह किसी राजा को वरेगी, सुख-चैन से रहना चाहेगी। मुझे क्यों वरेगी?

[आँख उठाकर देखता है तो प्रवेश-द्वार पर माधवी खड़ी है। गालव भौचक-सा उसकी ओर देखता रह जाता है। समझ नहीं पाता, वह माधवी है या कोई और स्त्री।]

आपने माधवी को देखा है? मैं माधवी से मिलना चाहता हूँ।

माधवी : तुम आ गए, गालव! मैं अभी-अभी वन से लौटी हूँ।

आगे बढ़कर

तुम बड़े सुन्दर लग रहे हो, गालव, बड़े सज-सँवरकर आए हो!

हँसती है।

[माधवी को देखकर गालव ठिठका खड़ा रहता है। माधवी की देह ढल चुकी है, चेहरे का लावण्य फीका पड़ चुका है, मुँह पर झाँइयाँ, आँखों के नीचे अँधेरे साए उतर आए हैं। अधेड़ उम्र की अनाकर्षक स्त्री लगने लगी है माधवी। वह अभी भी साधारण वस्त्रों में है।]

गालव : माधवी!

माधवी : तुम्हें बधाई हो, गालव। तुम्हारी गुरु-दक्षिणा

सम्पन्न हुई। तुम उत्तीर्ण हुए!

मुस्कराकर

अब तो मँझधार में नहीं हो ना?

गालव : माधवी!

माधवी : मुझे देखकर चौंक गए हो, गालव। जैसे तुमने मुझे पहले कभी देखा ही न हो।

गालव : माधवी!

माधवी : मुझे देखकर ठिठक क्यों गए? अब मैं पहले जैसी माधवी तो नहीं हो सकती हूँ, ना गालव!

अपनी कमर पर दोनों हाथ रखकर

मैं बहुत मुटिया गई हूँ क्या?

चहककर

तुम चिन्ता नहीं करो, गालव। मैं फिर से तुम्हारे साथ जंगलों में घूमूँगी, तो फिर पहले जैसी हो जाऊँगी।

[गालव अभी भी माधवी के चहरे की ओर देखे जा रहा है।]

क्यों गालव, तुम्हारे चेहरे पर कैसी निराशा फैल गई है? मैं इतनी कुरूप हो गई हूँ क्या?

हँसकर

और तुम सौन्दर्य के उपासक कब थे? तुम तो कर्तव्य के उपासक हो ना? क्यों, गालव? क्या मैं सचमुच बहुत कुरूप हो गई हूँ? पर तुम्हारी प्रतिज्ञा भी तो इतनी आसान नहीं थी, ना।...तुम कुछ भी बोलते क्यों नहीं?

गालव : तुम्हें तो चिर-कौमार्य का वर मिला हुआ है, माधवी। तुम तो प्रसव के बाद भी युवती बनी रह सकती हो।

माधवी : मैंने सोचा, गालव के पास जा रही हूँ तो जैसी हूँ,

वैसी ही जाऊँगी। गालव से क्या छिपाना?...छोड़ो मेरी बात, गालव, गुरु महाराज से भेंट हुई? गुरुजन तुमसे बहुत प्रसन्न हैं, ना?

गालव : हाँ, माधवी, पर तुम्हें वर जो मिला हुआ है। तुम युवती बनी रह सकती हो तो क्यों नहीं...तुमने अनुष्ठान क्यों नहीं किया? पहले तो तुम...

माधवी : **हँसकर**

पहले मुझे तुम्हारी प्रतिज्ञा पूरी करनी थी, गालव। पुत्र-जन्म के बाद मैं अनुष्ठान कर लेती थी ताकि कोई राजा मुझे रखने से इनकार नहीं कर दे। पर अब तो तुम्हारी प्रतिज्ञा पूरी हो चुकी है।

गालव : तुम फिर भी तो अपने पहले रूप में आ सकती हो, माधवी?

माधवी : अब किसलिए, गालव? अब तो मैं जैसी हूँ, वैसी ही तुम्हारे सामने आना चाहती हूँ। तुमसे क्या छिपाना, गालव।

गालव : पर, इस रूप में माधवी?...

माधवी : क्यों? यह रूप तुम्हें स्वयंवर के लिए उचित नहीं लग रहा है, यही ना? मैंने तो सोचा था, स्वयंवर मात्र औपचारिकता है, इसी रूप में निभ जाएगा। मैं तो जिसे चुनना चाहती थी, पहले ही चुन लिया है। मैं तुमसे तो अपना असली रूप नहीं छिपा सकती थी, गालव। लेकिन तुम बड़े विचलित हो गए हो। लगता है तुम्हें मेरे इस रूप से डर लगने लगा है।

हँसकर

मैं अब अनुष्ठान करना नहीं चाहती। जैसी हूँ वैसी ही रहना चाहती हूँ।

स्नेह से हँसती हुई

आओ, बैठ जाओ, तुम जानते हो ना, दीक्षान्त

समारोह बड़ी धूमधाम से होगा।

गालव : हाँ, माधवी।

माधवी : आश्रमवासियों ने तुम पर पुष्पवर्षा की। जब मुझे पता चला तो मेरा रोम-रोम पुलकित हो उठा।

गालव : इस जन्म में तो मैं तुम्हारा ऋण नहीं चुका पाऊँगा।

माधवी : **हँसकर**

इस जन्म में नहीं तो अगले जन्म में चुका देना।

चहककर

मैं बहुत डरती थी। मैं कहूँ, कोई बाधा पड़ गई, गालव की प्रतिज्ञा पूरी नहीं हुई तो जिस भाँति मुझसे मेरे बच्चे छिन गए हैं, एक दिन गालव भी मुझसे छिन जाएगा।

[क्षण-भर के लिए ठिठकी-सी खड़ी रहती है, फिर सहज होकर]

प्रतिज्ञा सम्पन्न हुई गालव, अब हम दोनों स्वतन्त्र हैं। हम दोनों जहाँ चाहें जा सकते हैं। क्यों, गालव, स्वतन्त्र होना तुम्हें कैसा लग रहा है?

गालव : क्या, माधवी? तुमने क्या कहा?

माधवी : मन-ही-मन तुम बड़े प्रसन्न होगे, गालव। अन्दर से बार-बार आवाज उठती होगी, मैं अपनी परीक्षा में उत्तीर्ण हुआ, अब मैं स्वतन्त्र हूँ।

गालव : हाँ, माधवी, ऐसा ही है। मैं सचमुच बहुत प्रसन्न हूँ। तुम अपनी कहो। तुम तो आश्रम से सीधे पिता के पास आ गई थीं, ना? तुम्हारे पिता क्या कहते थे?

माधवी : **हँसकर**

मुझसे पूछते थे कि अब तुम क्या करोगी?

गालव : तुमने क्या कहा?

माधवी : मैंने कहा, जो गालव कहेगा, वही करूँगी।

सहसा व्याकुल होकर

चलो गालव, यहाँ से अभी भाग चलें। मेरे लिए यहाँ असह्य हो रहा है।

गालव : क्यों, माधवी?

माधवी : यहाँ वे मेरे बच्चों को भी ले आए हैं। जब से वे आए हैं, मैं छटपटा रही हूँ। मैं केवल तुम्हारी राह देख रही थी।

गालव : तुमने मेरा उद्धार किया है, मेरा रोम-रोम तुम्हारे प्रति कृतज्ञ है।

माधवी : कृतज्ञता की बात नहीं करो, गालव, हमारे बीच कृतज्ञता कैसी?

गालव : माधवी!

माधवी : **पास आते हुए**

क्या है, गालव?

गालव : महाराज ने स्वयंवर रचा है। बड़े-बड़े योग्य राजा यहाँ पधारे हैं। मैं एक अंकिचन...मैं तुम्हारे मार्ग में बाधा नहीं बनना चाहता।

माधवी : **चौंक जाती है।**

क्या बात है, गालव? तुम कुछ छिपा रहे हो।

गालव : नहीं, माधवी, हम जिस काम के लिए मिले थे, वह सम्पन्न हो चुका है। मैं भी गुरु-भार से मुक्त हूँ, और तुम भी...

माधवी : मैं तुम्हारा अभिप्राय नहीं समझी, गालव। तुम क्या कहना चाहते हो?

गालव : मैं चाहता हूँ, तुम अपने को स्वतन्त्र समझो।

माधवी : **गालव का अभिप्राय कुछ-कुछ समझती हुई**

तुम मुझे छोड़ना चाहते हो क्या?

गालव : ऐसा नहीं है, माधवी, पर मैं तुम्हारे मार्ग में बाधा नहीं बनना चाहता। यहाँ तुम्हारे लिए बड़े-बड़े

योग्य वर आए हुए हैं।

माधवी : **पीछे हटकर**

तुम मुझे छोड़ना चाहते हो क्योंकि मैं इन कुछ वर्षों में ही बुढ़ा गई हूँ, और मेरा शरीर शिथिल पड़ गया है, यही ना? जबकि तुम अभी जवान हो और स्वतन्त्र हो, और किसी सुन्दर युवती से ब्याह कर सकते हो।

गालव : माधवी, मैं चाहूँ भी तो तुमसे विवाह नहीं कर सकता। मैं विवश हूँ।

माधवी : **ठिठक जाती है।**

क्यों? यह भी कर्तव्यपरायणता का कोई प्रपंच होगा! क्या है, गालव?

गालव : मैं धर्म और नैतिक मर्यादाओं का उल्लंघन नहीं कर सकता, मैं विवश हूँ।

माधवी : कौन सी मर्यादाएँ, गालव? तुम किस मर्यादा का उल्लंघन कर रहे हो?

गालव : तुम मेरे गुरु के आश्रम में रह चुकी हो।

माधवी : इससे क्या हुआ? मैं तीन राजाओं के रनिवास में भी तो रह चुकी हूँ। वह सब तो तुम्हारी प्रतिज्ञा पूरी करने के लिए था।

गालव : पर जो स्त्री मेरे गुरु के आश्रम में रह चुकी हो, उसे मैं अपनी पत्नी कैसे मान सकता हूँ?

माधवी : ओ गालव, गालव, तुम सीधी बात क्यों नहीं करते? दिल में तुम्हारे वासनाएँ कुलबुलाने लगी हैं, ऊपर से तुम आदर्शों और मर्यादाओं की बात करते हो।

गालव : मैं अपने कर्तव्य से विमुख नहीं हो सकता, माधवी। मेरे जीवन में द्विविधा के लिए कोई स्थान नहीं है।

माधवी : कभी-कभी मुझे लगता है, मैं कोई दुःस्वप्न देख

रही हूँ, और मेरे चारों ओर राक्षस और दानव घूम रहे हैं, कर्तव्यपरायण दानव...तीनों राजा मेरे बच्चों को साथ लेकर यहाँ पहुच गए हैं। जैसे मछली पकड़ने के लिए काँटे में छोटी मछली लगा दी जाती है, वे मेरे बच्चों को मेरे सामने लाकर मुझे प्रलोभन देंगे। सभी कर्तव्य के पक्के, सभी महामानव। तुमने मेरे यौवन की आहुति देकर अपनी गुरु-दक्षिणा जुटाई है।

गालव : यह मर्यादा-पालन है, माधवी। हम सारा वक्त कर्तव्य की तीखी धार पर चलते हैं।

माधवी : चलते नहीं, दूसरों को चलाते हैं, गालव। यही तो विडम्बना है। और संसार तुम्हें ही तपस्वी और साधक कहेगा, मेरे पिता को दानवीर कहेगा, और मुझे? चंचल वृत्ति की नारी, जिसका विश्वास नहीं किया जा सकता। यही ना...?

[नेपथ्य में समारोह की तैयारियाँ। शंखनाद। मन्त्रोच्चारण। यज्ञ का अनुष्ठान करनेवाले याज्ञिक मंच के एक ओर से आ-आकर पीछे की ओर जाते हैं।]

संचालक : **प्रवेश करते हुए**

गुरुजनों का आग्रह है कि आप मंडप में पधारें।

माधवी : आप चलिए।

[संचालक का प्रस्थान]

संयम-स्वर में

तुम जाओ, गालव, गुरुजन दीक्षा के लिए तुम्हारी राह देख रहे हैं।

गालव : और तुम?

माधवी : तुम मेरी चिन्ता न करो, गालव।

गालव : मैं सच्चे दिल से तुम्हारा आदर करता हूँ, माधवी। तुम्हारे प्रति कृतज्ञ हूँ।

माधवी : मुझे तुम्हारा आदर नहीं चाहिए, गालव, न ही कृतज्ञता। मुझे जो चाहिए था, वह तुम्हारे पास नहीं है।

गालव : मैं तुम्हें सुखी देखना चाहता हूँ, माधवी।

माधवी : मैं भी तुम्हें सुखी देखना चाहती हूँ, गालव। और स्वतन्त्र भी।

गालव : क्या कहा, माधवी?

माधवी : हाँ, स्वतन्त्र भी। तुम पूर्णतः स्वतन्त्र हो गालव, मैं तुम्हें बाँधकर नहीं रखूँगी। वे दिन भूल गए जब तुम कहा करते थे कि तुम महलों के आसपास मँडराते रहे हो ताकि तुम्हें मेरी छाया ही नजर आ जाए। मैं वही माधवी हूँ, गालव। तुम किस माधवी के लिए छटपटाते रहते थे? मैं तुम्हारे लिए केवल निमित्त मात्र थी। जब तुम मेरे सामने अनुनय-विनय कर रहे थे तब भी तुम झूठ बोल रहे थे। तुमने केवल एक ही व्यक्ति से प्रेम किया है और वह अपने आप से। पर मैं, तुम्हें पहचानते हुए भी नहीं पहचान पाई। मैं सारा वक्त यही समझती रही कि गालव सच्ची साधना और निष्ठावाला व्यक्ति है। तुम भी गुरुजनों जैसे ही निकले, गालव...।

कटु मुस्कान के साथ

तुम सचमुच एक दिन ऋषि गालव बनोगे।

[धीरे-धीरे माधवी की उत्तेजना शान्त होने लगती है, और वह एकटक गालव की ओर देखने लगती है। आँखों में क्रोध के स्थान पर फिर से स्नेह झलकने लगता है। माधवी आगे बढ़ आती है।]

मैं तो तुम्हारा दिल देख रही थी, गालव। बुरा मान गए? तुम क्या समझते हो, गालव, जिस व्यक्ति को मैं रोम-रोम से प्रेम करती रही हूँ, उसके पल्ले मैं एक बुढ़िया को बाँध दूँगी? मेरा भी तुम्हारे प्रति कोई कर्तव्य है। प्रेम का भी तो एक कर्तव्य होता है।

मुस्कराती है

तुम स्वतन्त्र हो, गालव।

गालव : **चकित-सा माधवी की ओर देखता रहता है।**

माधवी : तुम निश्चिन्त हो जाओ, गालव, तुम सचमुच स्वतन्त्र हो। मैं तुम्हारी पत्नी नहीं बन सकती। शरीर की शिथिलता तो दूर हो सकती है, गालव, मैं अनुष्ठान करके फिर से युवती बन सकती हूँ, पर अब मैं दिल से तो युवती नहीं हूँ ना। मैं तो वह माँ हूँ जिसकी गोद भरती गई और खाली होती गई। अब तो सन्तान धारण करने से ही मुझे डर लगता है। सन्तान धारण करने का मेरे लिए केवल एक ही अर्थ है, अपने बच्चे को खो देना। ऐसी स्त्री तुम्हारे किस काम की!

[नेपथ्य में मन्त्रोच्चारण के स्वर ऊँचे होने लगते हैं।]

गालव : तुम क्या करोगी, माधवी?

माधवी : **हँसकर**

मैं तुमसे कहा करती थी ना, चलो गालव, कहीं भाग चलें। आज मैं अपने दिल की वही साध पूरी करने जा रही हूँ, मैं यहाँ से भाग रही हूँ।

गालव : नहीं माधवी, तुम फिर से अनुष्ठान कर अपना पहला रूप धारण कर सकती हो। माधवी, मैं तुम्हें पाकर अपने को धन्य मानूँगा।

माधवी : मुस्कराती है।

तुम फिर से अपने को धोखा दे रहे हो, गालव। यह छिछली भावुकता किस काम की? यौवन और रूप तो मिल जाएँगे, पर अपने इस दिल का क्या करूँगी जो छलनी हो चुका है!

गालव : नहीं, माधवी, मैं तुमसे अनुनय करता हूँ। तुम फिर से...

माधवी : तुम भावुक हो रहे हो, मुनिकुमार। तुमने अपना कर्तव्य पूरा किया, अब मुझे मेरा कर्तव्य पूरा करने दो।

स्नेह से

संसार बड़ा विशाल है, गालव, उसमें निश्चय ही मेरे लिए कोई स्थान होगा।

[माधवी द्वार की ओर बढ़ जाती है। वहाँ से मुड़कर]

तुम जाओ, गालव, गुरुजन तुम्हारी राह देख रहे हैं। युग-युगों तक तुम्हें मेरा आशीर्वाद मिलता रहे। मैंने अपनी भूमिका निभा दी...

[माधवी धीरे-धीरे आँखों से ओझल हो जाती है। मन्त्रोच्चारण, स्वस्तिवाचन के स्वर ऊँचे होते जा रहे हैं। शंखनाद, संगीत...। आश्रमवासियों का प्रवेश। वे गालव के सिर पर छोटा-सा मुकुट रखते हैं। कन्धों पर उत्तरीय। माथे पर तिलक लगाते हैं और गालव पर पुष्प-वर्षा करते हुए उसे धीरे-धीरे मंडप की ओर ले जाते हैं। शंखनाद]

[ययाति का प्रवेश]

ययाति : देर कर दी, मुनिकुमार। दीक्षा में विलम्ब हो रहा है। ऋषि विश्वामित्र तुम्हारी राह देख रहे हैं। माधवी कहाँ है?

[गालव और ययाति का प्रस्थान। ऋचाओं का पाठ। होम-यज्ञ के स्वर ऊँचे उठते जा रहे हैं...]

पर्दा

●●●